길이의 슬픔

J.H CLASSIC 092

길이의 슬픔

‘남과 다른 시 쓰기’ 동인
이서빈 외

지혜

머리말

창밖에 눈 내리는 소리
소나무에 달빛 내려앉는 소리
시냇물 흐르는 소리
벌레 울음소리

동물의 정형률과 식물의 내재율
씨줄날줄 엮어서
운율 맞추어 대서사시를 쓰는 자연

우리는 잠을 접어 베고
인간과 자연의 공존을 위한
시 씨앗을 온 지구촌에 뿌린다

이 자연의 생태계를 지키기 위해 혁명 중이다

차례

2부

글이랑

장정희

정구민

최이근

3부

4부

글빛나

김일순

이 옥

안태희

- 일러두기
  페이지의 첫줄이 연과 연 사이의 띄어쓰기 줄에 해당할 경우 > 로 표시합니다.

1부

길이의 슬픔 외 2편

이 서 빈

인간 욕망을 재고 있는 자벌레

발끝에서 머리끝까지 둘둘 말린 욕망
몸속 자 다 풀어 재고 또 재고 평생을 잰다

밭고랑 풀보다 수북하게 웃자라는 욕망
자란 평수만큼 그늘은 더 무성무성 짙어진다
우주 몇 바퀴 돌고도 남을
욕망길이 재는 일 자신의 욕망 재는 일인가?

끝을 알 수 없는 욕망터널속에서
욕망 재다가 욕망에 갇혔다

한 치 더 재면 굴러굴러 떨어질 절벽
깨꽃보다 붉게 핀 아찔한 비명
신은 지구별 꽁지에 '멸종' 시치미 달고 욕망은 시치미 뚝 떼
고 있다

  그 푸르던 지구눈동자 작살 맞은 물고기처럼 심장 움켜쥐고
울부짖자

바다는 핏물 끓이기 시작하고

동·식물 배 뒤틀며 하혈한다

경전 목차에도 없는 부고訃告장

달력에 기록하지 못한 나머지 날짜들 수수수 새떼처럼 날아내
린다

말라서 토막 난 지구 끌고 가는 개미떼 인광燐光을 뿜어내고

종들의 울음소리 삭제되었다 마치 영원히 휴가를 떠나듯

드디어, 마침내, 기어이

잴 수도 멈출 수도 되돌릴 수도 없는 슬픔의 자벌레

하얀 증발

물끄러미, 지상 허기를 본다
폐사된 물고기 부릅뜬 눈알들
냉해 입은 성충 무덤
창공 기르던 새
신발코 먹어 치우던 길 모두 어디로 갔을까?

막막한 지하 벙커에서 자꾸만 무성해지는 없는 것 만지며
고립 이겨내기 위해 인공지능AI 물고기 바라본다

부재와 존재 압축해 쓴 옹이 경전 읽고
죽음 예감한 소나무 가지 휘도록 솔방울 매단다

쪽빛하늘 몃 감는 강물 손바닥으로 퍼마시면
가재들 산초씨 같이 까만 눈 말똥거리며 집게발로 말 걸어오고
송사리 헤엄치는 소리 거미줄에 대롱거린다
꽃향기 두 다리 걷어 올리고 찰방찰방 물놀이하고
노란바람 입김 불어 애기똥풀꽃 피워낸다
풀벌레울음 공중 파랗게 물들이면
매미 울음 땀 식히는 푸른그늘 아래 앉아 청도라지빛 바람 마
시며

원시를 사는 청정구역
턱을 괸 생각 사이로 적색경보음 울린다

'물고기 감상 시간이 종료되었습니다.
비상식량 챙겨 지상으로 나갈 시간입니다'
안내 고삐에 끌려 지상으로 나가 엘리베이터 탄다
로봇이 타고내리는 곳 가끔 사람도 탄다

앞을 봐도 뒤를 봐도 인공지능 뿐 지상엔 살 수 없어 가끔 햇볕
쬐러 온다
인공지능은 또 지하로 갈 시간 독촉한다

불과 몇 년 전만 해도 한낮에도 호화찬란한 불빛이 살던 곳
인간도 식물도 스위치 꺼져 적막이 줄줄 흘러내리는 차고 혹
독한 불모지不毛地
생각의 손가락 사이로 허기가 무서리 되어 하얗게 내린다

결

나무의 결은 나무의 나이고
물결은 물의 나이입니다.

나무의 나이는 나무가 죽어야만 알 수 있어요. 결을 보는 것은
주문하는 일입니다. 고요한 물의 나이를 알려면 돌멩이 하나
던져보면 되지요.

잠깐 보여주고 사라지는 물의 나이
어느새 출몰했다 사라지는 뼈들입니다.

세상의 것들은 결을 간직하고 있지요. 반질반질한 머릿결
여전히 가르마로 옛날 나이를 고집하는 할머니는 한 번도
구불구불한 머릿결 가진 적 없지요.

결국, 나이를 감추고 있다는 뜻이지요.
나이를 걷어내면 결은 곧 사라져요.

봄들판에 출렁이는 결, 어린 나이도 있고 늙은 나이도 있지요.
가지런하고 걸음이 일정한 숨결, 나긋나긋하던 결이 거칠어
지면

오래지 않아 굳어요. 들판을 어지럽히는 바람결에
봄살결은 늙거나 시들어가지요.
바람결로 나이를 먹고 시들어가는 들판이에요.

살아있는 것들은 둥근 내면의 결을 가지고 있어
여린 것일수록 결이 보드랍게 잘 휘지요.

가끔 손 없는 이불결이 꿈결을 쓰다듬는 날이면 하늘은
연한육질을 위해 햇빛과 별빛을 결대로 찢지요.
모든 결에서 비린내가 나는 이유지요.

청결이나 미결 같은 엉뚱한 단어들이
결 사이로 끼어들기 때문이지요.

시감상 | 이 옥

　시인의 시들을 읽다 보면 환경의 중요성을 일깨워 준 레이철 카슨이 생각난다. 20세기에 가장 큰 영향력을 미친 책으로 일컬어지는 '침묵의 봄'은 무분별한 살충제 사용으로 파괴되는 경고문 같은 책이다.

　시 「길이의 슬픔」에는 인간의 욕망을 자벌레가 사물을 재는 일과 같다고 비유하고 있다. 욕망이란 새의 울음소리 들리지 않고 시냇물이 마르고 그다음은 인간의 소리가 사라질지 모른다.

　사실을 알면서도 '발끝에서 머리끝까지 둘둘 말린 욕망' 때문에 모른 체하며 언론의 비난과 출판을 막으려 거센 방해 작업을 했던 화학업계가 '끝을 알 수 없는 욕망터널속에서 욕망 재다가 욕망에 갇혔'던 것이다. 자신의 이익을 위해서는 너무나도 교묘하게 행동하는 인간을 자벌레에 빗댄 것이다.

　'그 푸르던 지구 눈동자 작살 맞은 물고기처럼 심장 움켜쥐고 울부짖'는 지구를 보면서 언제 멸종할지 모르는 처참한 현실을 심장 움켜쥐는 심정으로 '바다는 핏물 끓이기 시작하고/ 동·식물 배 뒤틀며 하혈한다'고 말한다. 다양한 화학물질 사용으로, 지속적인 탄소 발생, 관리되지 못한 방사능으로, 분해되지 못한 쓰레기로, 위기에 몰린 동·식물과 지구의 비참한 신음을 들으면서 속절없이 무너져가고 있는 자연을 되돌아보게 하는 순간이다. '드디어, 마침내, 기어이' 삶의 터전이 다 무너져 '잴 수도 멈출 수도 되돌릴 수도 없'음을 강하게 부각시키며 황폐해져 가는 환경을 깨닫지 못하는 인간에게 자벌레가 지구의 종말이 멀리 있지 않음을 호소하고 있다.

놀라운 통찰력으로 환경파괴가 역사를 종식시킬 수도 있다는 아찔한 생각에 좌불안석坐不安席이 된 시인은 환경 시를 쓸 수밖에 없다는 것을 강조하고 있다.

물고기 떼죽음이 종종 일어나 모든 사람을 놀라게 한 적이 있었는데 시인도 '하얀증발'에서 '물끄러미, 지상 허기를 본다.'라며 그 관찰력을 토대로 하여

'폐사된 물고기 부릅뜬 눈알들/ 냉해 입은 성충 무덤/ 창공 기르던 새' 약제 살포가 끝난 후의 모습처럼 죽은 송어들이 떠 오르고, 길과 숲에서는 새들이 끔찍하게 죽어가고 있다고 말한다. 늘 그렇듯이 이런 죽음에는 일정한 양식이 있게 마련인데 살충제로 인한 큰 피해라고 할 수 있다. 지구촌의 위기를 '신발코 먹어 치우던 길 모두 어디로 갔을까?' 하며 숨통을 막아버린 앞으로의 세상이 하얗게 증발해 버릴 것 같은 불안감에 반문해 보는 것이다. 한번 크게 감소하면 그 개체 수를 회복하기까지 많은 시일이 걸린다. 제목에서 '하얀'은 밝고 선명해서일까 아니면 증발이 너무 심해서 매우 짙어 하얗다는 것일까 아니 두 가지 뜻이 다 들어 있다고 생각한다. 젖은 땅이 마른 땅으로 될 때 온도가 높을수록 공기와 닿는 면이 넓을수록 증발이 잘 일어나기 때문에 선명하게 보일뿐더러 너무 심하면 짙게 보이기 때문이다.

'부재나 존재 압축해 쓴 옹이 경전 읽고/ 죽음 예감한 소나무 가지 휘도록 솔방울 매단다'에서는 예전에 잘 살던 시절은 부재하고 지하에 있는 현재가 존재한다는 것이다. 그림자도 그늘도 서슬에 허물어져 큰바람에 둥지 꺾여 베어낸 자리 둥글게 키워나간 궤적이 화석처럼 굳어졌다. 세월의 흔적이 고스란히 들어있는 통증으로 나이테에 경전처럼 박힌 옹이 경전 읽고 그 속에서 삶의 의미와 교훈을 발견하며 거친 세월 매달아 그나마 겨우 원하나 새겨 넣는 절박한 심정이 담긴 시이다.

영국의 찰스 엘턴 박사가 '앞으로 엄청난 영향력을 미칠 무서운 사태를 예언하는 소리가 들려오고 있다'라고 책에서 말하고 있는데 질서를 무너뜨리는 이상기온은 조용하게 다가와 느려 보이는 것 같지만 그 어떠한 속도보다도 빠르고 구체적이어서 시인도

'물고기 감상시간이 종료되었습니다

비상식량 챙겨 지상으로 나갈 시간입니다'라고 예언하고 있는 것이다.

'적막이 줄줄 흘러내리는

차고 혹독한 불모지不毛地'에서 왜 아무 식물도 자라지 못하는 거칠고 메마른 불모지가 되어갈 수밖에 없었던 것일까? 그것은 인간들이 만들어 놓은 섬뜩한 환경 훼손에서 불안과 공포가 생겨나기 때문이다.

'생각의 손가락 사이로

허기가 무서리되어 하얗게 내린다' 내 몸에 축적되고 있는 것들이 무엇인지 모른 채 새들과 짐승들 인간과 나무와 풀, 세상의

모든 것이 태어났던 자리에서 무서리 되어 하얗게 죽어가고 있는 것이다.

　다음 시「결」에서 시인은 감각적이고 서정적인 언어로

　'나무의 결은 나무의 나이고

　물결은 물의 나입니다.'라고 하였다.

　'나무의 나이는 나무가 죽어야만 알 수 있어요

　결을 보는 것은 조문하는 일입니다

　고요한 물의 나이를 알려면

　돌멩이 하나 던져보면 되지요' 사유의 깊이에서 우러나오는 자연과 사람의 하나됨을 묘사한 시구다.

　'잠깐 보여주고 사라지는 물의 나이

　어느새 출몰했다 사라지는 뼈들입니다' 잠깐 보여주는 존재를 느낄 때는 언제일까?

　'세상의 것들은 결을 간직하고 있지요

　반질반질한 머릿결

　여전히 가르마로 옛날 나이를 고집하는 할머니' 지나간 시간을 소환하여 고유한 가치와 숨은 질서를 존중하며 그런 삶 속에서 살아가고 싶은 소중함이 들어있다.

　'나긋나긋하던 결이 거칠어지면

　오래지 않아 굳어요' 나긋나긋함, 사람은 자연을 굳어버리게 만들지만, 자연은 인간을 나긋나긋하게 만들어준다는 울림은 감각과 철학속에서 관찰, 통찰, 성찰을 통해 내놓고 '청결이나 미결 같은 엉뚱한 단어들이

　결 사이로 끼어들기 때문이지요.'라는 시구에서 알 수 있듯이

나무에서 결을 꺼내 물결 머릿결 숨결 바람결 봄살결 이불결 꿈결 청결 미결로 확장해가며 단어 사이에 결이 끼어드는 것이 아니고 단어들이 결사이로 끼어든다며 그 대상을 객관적으로 드러낸 섬세하고 탁월한 묘사력이다. 聖道는 得道를 한 사람만이 가는 길이며 역사 철학적인 목표를 향해가는 의지와 성실함이 있는 시인은 고뇌와 사명감으로 밤같이 통알통알한 시적 감각, 그리고 시인과 독자의 마음을 연결해주는 통로인 상상력의 힘으로 새로운 세계를 지향하며 창의력 없는 것은 미래가 없다며 '창의력 사전'을 펴냈다.

한국인들의 영광인 동시에 경의의 대상일 뿐만 아니라 탁월한 시적 천재성이 없으면 만들 수 없는 한글을 응용하고 발전하여 현실을 변혁하는데 제대로 기여할 수 있는 '창의력 사전'은 기존의 틀을 버린 하나의 지구이고 창의적인 조어의 세계이다. 따라서 지구와 세계를 녹슬지 않게 자유자재로 돌릴 수 있는 능력을 가지고 있는 위대한 시인임은 분명한 것이다.

이 세상은 인간만의 것이 아니라 모든 생물과 공유하는 것이라는 인식의 전환이 절실히 필요하다는 것을 알고 있는 이서빈 시인은 세상 사람들이 이런 사실을 충분히 깨닫고 그에 상응하는 조치를 요구할 때까지 쓴다는 생각으로 환경시를 쓰고 있는 것 같다.

물맴이 외 2편

이 진 진

너였구나
목마름에 맴돌게 하던 것이

어둠 헤집고 빛 물어오는 뻐꾸기 울음소리 말라가고
너의 품 못 잊어
입술 부르트게 하던 것 결국 너였어
거미줄에 매달린 바람처럼
꺼질 듯 말 듯 매달린 숨소리

매미울음 장대비로 파랗게 쏟아져 강물되어 출렁이던
너의 짝사랑 허공에 금이 가고
하늘이 쏟아져 바다가 된
매미 눈물, 물 부족국가에 대주면 안 될까
물 마시고 맴맴 물맴 돌게 하면 안 될까
이윤꽃 좋아하는 사람들
무더기무더기
물비늘을 털어내며

물 전쟁 일으키려는 도발에 물 먹이면 안 될까
온종일 머릿속을 맴도는 물맴이

물의 혁명

나무 한 포기 품지 못해 가슴 따가운 사막이 되었다

팜주메이라 거리에 야자수는
심청이 아비가 동냥젖 얻어 먹여 키우듯
하루에 두 번씩 물 얻어 먹인다
꿀떡꿀떡 잘도 받아삼키는 소리, 우주가 숨쉬는 소리

두바이 큰 솥에 바닷물 넣고 물을 만든다

무역과 금융 빌딩은 모두 물위에 서있다

쌀은 쌀나무에서 나오고
물은 공짜로 생긴다 생각하는 사람들

수도꼭지 틀면 콸콸 쏟아지고
쌀이 되기까지 모를 기르는 물

인간의 마음대로 쥐락펴락하는 물
물을 물로 보지마라
낭비벽 심한 사람 물 쓰듯 한다는 핀잔은 모독이다

>

지금 지구촌은 물 전쟁 중이다
물이 혁명을 일으켜 지구에 물 거꾸로 쏟아버리면
거대한 바다도 사막이 된다

신이 인간에게 선사한 물

풀 한 포기도 숨 한 방울도
물이 없으면 끝장이다

갠지스강

세탁기가 된 갠지스강
사람들이 벗어놓은 죄를 씻느라 강물은 휘청거린다

강물에 온갖 죄들 씻어내면
얼룩져 지워지지 않던 죄 둥둥 소리내며 떠내려갈까

죽은 사람 죄
강물에 흘려보내면 죄는 모래알 사이로 빠져나가
물안개 타고 하늘로 올라가
극락 문 두드릴까

죽음은 멀지 않은 곳에 살고
산다는 것은 죽음과 동행하고 있다
죽음과 삶이라는 하나의 문장을 잇는 강

갠지스강,
어느날 불쑥 찾아오는 검은 그림자가 아니라
죽음도 기다리는 은유가 유유히 흘러간다

갠지스강은 내일의 인연을 위해

흐르고 흐르지만
모래의 방언을 다 알아듣지 못해 파랗게 우는 주검들

죽음이란 문장은 산 사람에게만 보이고 들린다

시감상 | 이서빈

　오아시스에도 카오스에도 물이 없다면 더 이상 오아시스도 카오스도 아닐 것이다.

　이진진 시인의「물맴이」시를 보면 온갖 사물의 원초가 되는 물 이야기를 '물맴이'를 앞세워 이야기하고 있다. 물위에서 물맴을 돌면서도 끊임없이 목마름을 호소하는 것이

　'너였구나

　목마름에 맴돌게 하던 것이'라고 물맴이에게 되물으며 다시 생태계 파괴로 물 부족에 고통 받고 있는 현실을 물맴이에게 전가하고 있다.

　'어둠 헤집고 빛 물어오는 뻐꾸기 울음소리 말라가고

　너의 품 못 잊어

　입술 부르트게 하던 것 결국 너였어

　거미줄에 매달린 바람처럼

　꺼질 듯 말 듯 매달린 숨소리'라고 마치 물맴이가 물위에서 물을 다 마셔버리기라도 한 것처럼 말한다. 그 대상을 차마 인간이라고 말하지 못하고 물맴이라고 에둘러 표현하고 있는 것이다.

　'매미울음 장대비로 파랗게 쏟아져 강물되어 출렁이'고

　'하늘이 쏟아져 바다가 된' 이 많은 물을 도식하는 것이 물맴이라고 말하며 호소한다.

'매미 눈물, 물 부족국가에 대주면 안 될까

물 마시고 맴맴 물맴 돌게 하면 안 될까'라고 말하다 안되겠다
는 생각이 들었는지

'이윤꽃 좋아하는 사람들' 물을 다 이윤꽃 피우는데 써버리고
'물 전쟁 일으키려는 도발에 물 먹이면 안 될까'라고 다시 애원한
다. 그렇지만 아무 말도 없이 '온종일 머릿속을 맴도는 물맴이'
라고 해결책을 찾지 못해 답답함이 온종일 머릿속을 맴돌고 있
는 물맴. 관습과 상투적으로 살아가다 이 지경이 된 지구를 물맴
이 너가 물위를 맴돌면서 세상을 가뭄에 들게 해 먹을 물조차 부
족하다고 지구가 다 가뭄에 시들기 전에 이윤꽃씨 거두어야 한
다고 시인은 안타까운 현실을 서정으로 이미지화시키고 있다.

다음 시 「물의 혁명」에서도 시인은 첫 구절부터 의미심장한 언
어나무를 심는다.

'나무 한 포기 품지 못해 가슴 따가운 사막이 되었다

팜주메이라 거리에 야자수는

심청이 아비가 동냥젖 얻어 먹여 키우듯

하루에 두 번씩 물 얻어 먹인다

꿀떡꿀떡 잘도 받아 삼키는 소리, 우주가 숨쉬는 소리' 현실을
짚어내는 호소력이 전해지는 문장이다. 아니 어쩌면 이 시대 비
극과 슬픔을 저렇게 생생하게 그리고 있는 것이다.

'두바이 큰 솥에 바닷물 넣고 물을 만든다

무역과 금융 빌딩은 모두 물위에 서있다

쌀은 쌀나무에서 나오고

물은 공짜로 생긴다 생각하는 사람들

수도꼭지 틀면 콸콸 쏟아지고

쌀이 되기까지 모를 기르는 물

인간의 마음대로 쥐락펴락하는 물

물을 물로 보지마라'고 붉은 경고장을 붙이고

'신이 인간에게 선사한 물

풀 한 포기도 숨 한 방울도

물이 없으면 끝장이다' 미래에 곧 닥쳐올, 아니 어쩌면 이미 닥쳐오고 있는 현실을 꿰뚫어 비난과 혐오 대신 감각과 호소력으로 섬뜩한 풍경을 그려내며 이 시대 소비문화와 끝없는 욕구에 일침을 가하고 있다.

다음 시 「갠지스강」 시밭이랑을 따라가 본다.

'세탁기가 된 갠지스강

사람들이 벗어놓은 죄를 씻느라 강물은 휘청거린다

강물에 온갖 죄들 씻어내면

얼룩져 지워지지 않던 죄 둥둥 소리내며 떠내려갈까

죽은 사람 죄

강물에 흘려보내면 죄는 모래알 사이로 빠져나가

물안개 타고 하늘로 올라가

극락 문 두드릴까'

생태계 개념을 생태학의 연구 중심축으로 세운 미국의 생태학의 선구자인 유진 오덤은 '인간은 이성적으로 올바른 행동을 하기 전에 상황이 아주 나빠질 때까지 기다리는 성향이 있고, 생존

전략으로써 화를 냄으로써 가해지는 압박에 대응한다.'(유진 오덤 '생태학' 사이언스 북스 2001)고 말했다. 또 생태학은 생물과 환경의 상호작용이 어떻게 변화하고 어떤 결말을 맞이하는지를 숫자와 그래프 다양한 시각 자료로 보여준다. 그의 기본적인 개념은 인간 사회를 보전하려면 많은 노력이 필요하다는 취지다. 곧 인간이 보이는대로 앞만 보고 달리다가는 지구는 사라질 것이고, 즉 인간이라는 종과 모든 생물도 끝장이 난다는 말이다. 이 말을 이진진 시인은 이렇게 표현하고 있다.

'죽음은 멀지 않은 곳에 살고

산다는 것은 죽음과 동행하고 있다

죽음과 삶이라는 하나의 문장을 잇는 강' 이라고.

다음 이진진 시인의 철학적이고 촌철살인寸鐵殺人적인 한 구절을 보자.

'죽음이란 문장은 산 사람에게만 보이고 들린다'

이진진 시인의 피 끓는 절규에 지구촌 사람들이 귀를 기울여 지구 치료제 한 알씩 삼키는 계기가 되었으면 좋겠다.

나무의 숨비소리 외 2편

글 보 라

숲을 숨으로 불러본다
푸른 물소리 일렁이는 숲
팽팽하게 부푸는 폐를 펼쳐본다
동맥 정맥이 퀼트처럼 맞물린 사이로
미세먼지가 **빽빽**하다
생명을 유지하는
싱싱한 단물이 봄을 파랗게 흔든다

이리저리
강약을 조절해 가며 뒤척여 봐도
찐득한 염증
나무에 흔들려 어지러운 획들

무정차하는 바람
바람으로 수정하는 꽃은
거미배보다 불룩하게 뭉친 진폐
한 덩이 옹이로 굳어간다

숨소리 말라 구겨진다
불치는 아닐거라 세차게 고개를 저어 본다

＞

뿌리 끝에서 우듬지까지 좁아져

턱까지 차오른 숨을 토해내며

사력을 다하며 서로 응원하는 나무들

앙상한 공중을 흔들자

일제히 고개 드는 꽃들

나무는 다시 크게 숨을 들이키고

삐이이 숨비소리에 숲이 강물되어 푸르게 출렁인다

공정무역 바람

에티오피아 함벨라 바람이 심장에 머물렀다
그런 날이면
총천연색 티뷔도 흑백으로 보이고
까마중 눈알도 더 까맣게 습벅인다

어느 겨울 구세군 냄비 앞을 망설임 없이 지나쳤던 일
지하철 계단에 엎드린 가난한 손을 외면한 일
소녀 가장이었던 친구를 부끄러워한 일 등
지나간 일들이 앞을 막아선 것처럼 먹먹해진다

한 잔의 커피는 몇 알의 가난한 수고가 로스팅된 것일까?

눈물 바람속 반짝이는 아이들
이글대는 태양 같은 커피체리를 고르고 있다
아동노동으로 까만 피부가 더 까매졌지만
희디흰 이로 웃고 있다
밥을 굶지 않을 정도의 대가
옷이 되고 학교를 가는 수업료가 되는 루비보다 붉은 커피 알
알들

\>

강제 노동이 태양처럼 뜨겁게 달군 이마에 머물러

아이들의 환한 웃음 지켜주기를

가슴에 머문 까만 바람 흔들어 본다

목가 牧歌

우듬지에 걸터앉은 구름
속눈썹이 파르르 떨린다

소슬소슬 부딪히는 자장가 소리
눈썹에 걸린 자장가 들으며 깜박 잠들고 나면
외롭거나 슬프거나 아픈 그 모든 일이 치유된다

마음에 냉기가 스미면
숲속으로 가 숲을 귀에 꽂고
나무의 노래를 듣는다

노랫가락을 잘라다
솜털구름 포근히 감싸 안고
소슬소슬 불러주는 평온
살그머니 불을 끄는 숲

밤새 꿈속에서 들은 노래는
네이버 메일 앱에서 보낸 목가였다

시감상 | 이서빈

글보라 시인의 시「나무의 숨비소리」를 들어본다.

'숲을 숨으로 불러본다
푸른 물소리 일렁이는 숲
팽팽하게 부푸는 폐를 펼쳐본다
동맥 정맥이 퀼트처럼 맞물린 사이로
미세먼지가 **빽빽**하다
생명을 유지하는
싱싱한 단물이 봄을 파랗게 흔든다'

동맥 정맥이 퀼트처럼 맞물린 사이로 미세먼지가 **빽빽**함에도 불구하고 비관 터널을 벗어나 희망 터널에 생명을 유지하는 싱싱한 단물이 봄을 파랗게 흔든다.

대답 없는 메아리를 끊임없이 지면에 써나가는 시인이 바보같이 보이겠지만 노력의 대가도 없고 아무리 허망한 외침이라 해도 이 세상을 바꾸고 역사의 수레바퀴를 앞으로 구를 수 있게 하는 힘은 그런 희망과 긍정적 믿음에 의한 외침에 의해서 바퀴가 이탈하는 것을 막을 수 있다. 환경이 파괴되어 벌나비가 죽고

'바람으로 수정하는 꽃은
거미배보다 불룩하게 뭉친 진폐
한 덩이 옹이로 굳어간다

숨소리 말라 구겨진다
불치는 아닐거라 세차게 고개를 저어'보지만

뿌리 끝에서 우듬지까지 좁아져
턱까지 타오른 숨을 토해내며
사력을 다하며 서로 응원하는 나무들
앙상한 공중을 흔들자
일제히 고개 드는 꽃들
나무는 다시 크게 숨을 들이키고
삐이이 숨비소리에 숲이 강물되어 푸르게 출렁인다'

간절하고 절실한 안네 프랑크의 일기를 연상케 한다. 밀폐된 창고속에서 말소리도 크게 내지 못하고 2년 동안 매일 보는 것만 보고 외출을 잊은 극지에 몰려 울분을 쌓고 쌓으며 자폐증에 걸리지 않고 죽지 않고 살아갈 유일한 수단을 기록한 안네의 일기. 내면에 쌓여가는 공포를 누구에게도 말하지 못하고 자신의 유일한 탈출구로 삼고 쓴 안네의 일기. 모든 위대한 작품들은 그렇게 극지에서, 경계에서 이리도 저리도 기울지 못하는 절박함에 이르렀을 때 태어나는 것이다. 글보라 시인의 간절함 담긴 시가 세계로 흐르고 흘러 강물되어 푸르게 출렁이는 날이 오길 기대해본다. 문학의 기능은 21세기를 살아가는 우리에게 무엇을 요구하는가?

아래시「공정무역 바람」을 보면 알 수 있을 것 같다. 자본주의의 폭력을 '에티오피아 함벨라 바람이 심장에 머물렀다. 그런 날이면 총천연색 티뷔도 흑백으로 보이고 까마중 눈알도 더 까맣게 습벅인다.

어느 겨울 구세군 냄비앞을 망설임 없이 지나쳤던 일
지하철 계단에 엎드린 가난한 손을 외면한 일
소녀 가장이었던 친구를 부끄러워한 일 등
지나간 일들이 앞을 막아선 것처럼 먹먹해진다
한 잔의 커피는 몇 알의 가난한 수고가 로스팅된 것일까?'

우리가 아무 생각 없이 기호품으로 마시는 한 잔의 커피는 몇 알의 가난한 수고가 로스팅된 것일까? 마시던 커피잔을 멈추고 글보라 시인의 이 시구를 읽으니 향기롭기만 하던 커피가 소태처럼 쓴맛이 난다.

'강제 노동이 태양처럼 뜨겁게 달군 이마에 머물러
아이들의 환한 웃음 지켜주기를' 돈과 권세를 주목적으로 사는 사람들에게 사랑과 연민과 정의와 희생정신을 권유하며, 저들의 강제 노동으로 잃어버린 시간은 누가 보상해 줄 수 있는가? 라고 반문하고 있다. 저 아이들의 환한 웃음을 지켜주길 간절히 빌고 있는 시인의 시는 이 세상 어떤 화롯불보다 따스한 온기를 품어내고 있다.

「목가牧歌」는 무엇을 노래하고 싶어 쓴 것일까?
'우듬지에 걸터앉은 구름
속눈썹이 파르르 떨'릴 때 시인은

'소슬소슬 부딪히는 자장가 소리

눈썹에 걸린 자장가 들으며 깜박 잠들고 나면

외롭거나 슬프거나 아픈 그 모든 일들이 치유된다'라고 한다.

세상에 외롭고 슬프고 아픈 이들은 모두 이 요법을 이용해 보면 어떨지?

'마음에 냉기가 스미면

숲속으로 가 숲을 귀에 꽂고

나무의 노래를 듣는다

노랫가락을 잘라다

솜털구름 포근히 감싸 안고

소슬소슬 불러주는 평온

살그머니 불을 끄는 숲

밤새 꿈속에서 들은 노래는

네이버 메일 앱에서 보낸 목가였다'

시인의 시가 민들레처럼 날개를 달고 온 지구를 돌아다니며 사람들 가슴에 뿌리를 내려 황금빛 세상을 만들어 주면 좋겠다.

이 시들이 네이버 메일 앱에서 보낸 목가라고 했으니 어느 겨울 구세군 냄비앞을 망설임 없이 지나치고, 지하철 계단에 엎드린 가난한 손을 외면하고 소녀 가장이었던 친구를 부끄러워 한 지나간 일들에 먹먹함을 타산지석他山之石으로 삼아 지구의 숲에 불 꺼지는 일 없게 지구 곳곳에 배달되기를, 지구의 80억 인구여 제발, 지구를 살리기 위한 도덕적 의무와 책임과 권리와 양심

이 푸르게 너울지는 세상을 만들자고 외치는 환경시 이것이 21
세기의 참 시인이라 생각한다.

2부

물의 노래 외 2편

글 이 랑

가만히 귀 기울여 봐요

시작이 어디서부터인지
나는 알지 못해요

햇살이 보여준
무지갯빛 풍경과
지나가는 바람이 전해준
향긋한 풀냄새와
빗소리에 실려온
따스한 온기로

나는 매일 꿈을 꾸어요

어떤 날엔
구름이 되었다가
또 어떤 날엔
꽃잎도 되었다가
다른 날엔
새하얀 눈송이도 될 수 있어요

>
내게 보여지는 모든 것들이
나로 인해
아름답게 보여지기를
그래서 내가
더 아름다워지기를
나는 매일 꿈을 꾸어요
내 이야기에 귀 기울여 봐요

시간의 숲

갈래갈래
쏟아지는 햇살

사그락거리는
바람이 노래

모래알처럼 부서지는
물결의 춤사위

걸음걸음 물드는
가을의 눈빛

코끝에 맴도는
단풍의 인사

계절을 품은 시간의 숲은
또 다른 여행을 시작한다

사랑할 때는

사랑할 때는
누구나 시인이 된다

그저

평범한 햇살 한 조각
스치는 바람 한 줄기
수줍게 고개 내민 한 송이 꽃
들려오는 파도의 노래 한 소절

무엇이든 그대가 된다

시감상 | 이서빈

글이랑 시인의 시는 인간이 사는 지구에서 지구를 이용만 하는 것이 아니라 어떻게 자연과 교유交遊하며 살아야 하는지를 곱고 단아하고 향기로운 시어로 보여주고 있다.

가만히 귀 기울어 봐요

시작이 어디서부터인지
나는 알지 못해요

햇살이 보여준
무지갯빛 풍경과
지나가는 바람이 전해준
향긋한 풀냄새와
빗소리에 실려온
따스한 온기로

나는 매일 꿈을 꾸어요

어떤 날엔
구름이 되었다가

또 어떤 날엔

꽃잎도 되었다가

다른 날엔

새하얀 눈송이도 될 수 있어요

내게 보여지는 모든 것들이

나로 인해

나로 인해 아름답게 보여지기를

그래서 내가

더 아름다워지기를

나는 매일 꿈을 꾸어요

내 이야기에 귀 기울여 봐요

– 「물의 노래」 전문

글이랑 시인의 시는 실용주의적 관점, 즉 자연을 오직 인간의 삶을 위한 도구로만 생각하는 시각을 떠나 한 번쯤 되돌아보게 하는 시이다. 시인은 매일 꿈을 꾸면서 시인의 이야기에 귀 좀 기울여 봐 달라고 청유를 하고 있지만, 청유가 지닌 이미지는 자연의 훼손을 걱정하는 절실한 마음이 담겨있는 경고의 메시지이다.

다음 시 두 편 역시도 자연을 섬세한 시선으로 자세히 관찰하고 내면에 내재된 힘이 없으면 쓸 수 없는 시이다.

갈래갈래

쏟아지는 햇살

사그락거리는
바람의 노래

모래알처럼 부서지는
물결의 춤사위

걸음걸음 물드는
가을의 눈빛

코끝에 맴도는
단풍의 인사

계절을 품은 시간의 숲은
또 다른 여행을 시작한다
- 「시간의 숲」 전문

사랑할 때는
누구나 시인이 된다

그저

평범한 햇살 한 조각

스치는 바람 한 줄기

수줍게 고개 내민 한 송이 꽃

들려오는 파도의 노래 한 소절

무엇이든 그대가 된다

－「사랑할 때는」 전문

　세상을 아름답게 보기 위해서는 자신의 눈을 아름다운 색으로 깨끗이 청소하지 않고는 그 어떤 아름다움도 보지 못한다.

　가스통 바슐라르는 '오랑케꽃의 우아한 눈이 그녀가 바라보고 있는 것의 색깔에 자신의 색깔이 닮게 될 때까지 푸른 하늘을 바라보고 있다.'라고 했다. 곧 시인의 눈도 푸른 하늘이 되도록 푸르게 닮아 자연환경의 중요성을 깨달은 물질적 상상력을 나르시시즘 narcissism으로 나타내며 내면의 물질적 본질을 거울처럼 투영投影시킨 상상의 힘을 느끼게 한다. 시인은 내면에 잠재된 상상력으로 자연을 보면서 자연과 함께 존재의 가치와 신비를 엮어 등나무처럼 밝고 환한 보랏빛 시를 피워낸 바슐라르의 구절을 가장 잘 이해하고 쓴 시다. 이 청순함을 잃지 말고 지속적으로 더 많은 자연을 탐사하고 찍어내 날로 오염되고 있는 지구를 살려내는 데 힘이 되길 기대해본다.

무성한 하루 외 2편

장 정 희

봄빛을 뚫고 나오는 새싹처럼
물소리 파랗게 자란다

새싹에 봄바람이 매달려 있다
새싹에 봄향기가 매달려 있다

바람과 향기는
새 노래소리에
온몸에 피가 도는지
양날개를 휘저으며 날아오른다

고성산* 오르는 길에 만난 푸른빗소리
목젖을 적셔주고
어느 먼 곳에 있어 아직 당도하지 못하는
강물과 만나 또 다른 별이 될
속눈썹 사이로 봄 싹트는 소리가
파랑파랑 날아드는 봄

* 강원도 고성에 있는 산이름.

희망꽃

눈바람 참아내던
분홍꽃망울
강풍 타고 온 화마로
모두 타버렸다.

천지는 검은 숯덩이
어둠속의 뿌리들은 암담하다

잿더미속
화상 입은 나무는
뿌리에 안간힘을 모아
햇살로 절망을 치유하며
가지 끝에 가느다란 웃음을
피워 올린다

희망꽃이 싹트고 있었다

울산바위 품

곱게 물들지 못한
얼룩 한자락 안고
울산바위를 찾았다

울고 있는 바위 위로해 주려다가
그 많은 울음은 어디로 가고
하늘 가로질러
웅장하게 솟아 있는 그를 보며
한 없이 작아지는 마음 주체할 수 없어
한발 한발 다가서던 발걸음 멈췄다

오랜 세월 모진 풍파 견디고
의연한 모습

슬픈 계절을 보내고
지쳐있는 내게
그 웅장한 품을 벌려 안아준다.

밴댕이 소갈딱지 같은 마음
토닥토닥 토닥여주는

울산바위 품에 안겼다

내몸에 소름끼치도록 포근함을 경작하는 울산바위 품

시감상 | 이서빈

상상력이 새싹에 매달려 무성하게 자라고 있는 장정희 시인의 「무성한 하루」를 따라가 본다.

'봄빛을 뚫고 나오는 새싹처럼
물소리 파랗게 자란다.

새싹에 봄바람이 매달려 있다
새싹에 봄향기가 매달려 있다' 새로운 세계의 창조적 경지를 보여주는 시구詩句다. 물소리가 어떻게 파랗게 자라며 새싹에 무슨 봄바람과 봄향기가 매달려 있는가? 시인은 사물을 남다른 눈으로 관찰하고 개성으로 직조해 아름다운 무늬의 시를 짜놓았다.

'바람과 향기는
새 노래소리에
온몸에 피가 도는지
양날개를 휘저으며 날아오른다
고성산 오르는 길에 만난 푸른빛소리
목젖을 적셔주고
어느 먼 곳에 있어 아직 당도하지 못하는
강물과 만나 또 다른 별이 될 속눈썹 사이로 봄 싹트는 소리가
파랑파랑 날아드는 봄' 속눈썹 사이로 봄 싹트는 소리가 파랑파랑 날아든다는 눈에 보이지 않는 무형의 형상을 가시화可視

化해서 자연의 경이를 노래하고 있다.

창작이란 이렇게 남들이 가지 않는 길을 내는 일이다. 시인은 남들이 가지 않는 새로운 길의 지평을 열어가고 있다. 다음 시도 그 낯선 길을 지나 '희망꽃'을 꺾으러 지난至難한 시간을 설정해 둔 것 같다.

'눈바람 참아내던
분홍꽃망울
강풍 타고 온 화마로
모두 타버렸다.

천지는 검은 숯덩이
어둠속의 뿌리들은 암담하다

잿더미속
화상 입은 나무는
뿌리에 안간힘을 모아
햇살로 절망을 치유하며
가지 끝에 가느다란 웃음을
피워 올린다
희망꽃이 싹트고 있었다' 바람과 햇빛과 물과 흙이 수백 년을 먹여 키운 나무들이 단 한순간에 다 타버려 '천지는 검은 숯덩이고 어둠속의 뿌리들은 암담하다.' 그럼에도 불구하고 '잿더미속 화상 입은 나무는 뿌리에 안간힘을 모아 햇살로 절망을 치유하며 가지 끝에 가느다란 웃음을 피워 올린다. 희망꽃이 싹트고 있었다' 놓지 못하는 희망이 오히려 슬픔을 더 자아내게 한다. 여기저기 들불처럼 번져오는 산불 소식에 애를 까맣게 태우다 이렇게 희망이라도 쓰지 않고는 견딜 수 없어 시인은 까만 숯덩이가 된 피를 찍어 이 시를 썼을 것이다. 사라지는 숲들을 보며 고통마저 숯덩이같이 타버려 슬픈 냄새가 난다.

존재했던 것들이 사라지는 것에 대한 상처를 포착하여 형상화하고 다시 복원하는 일은 시인만이 할 수 있는 일이다. 존재와 부재의 이격離隔을 '가지 끝에 가느다란 웃음을 피워 올려 회망꽃이 싹트고 있었다' 숯덩이 자리에 희망꽃을 모종해 희망꽃을 싹트게 함으로써 허무와 슬픔으로 까맣게 타버린 가슴에 다시 작은 희망을 품게 하는 것이다.

다음 시「울산바위 품」은
'곱게 물들지 못한
얼룩 한자락 안고' 아마도 위로를 받기 위해 '울산바위를 찾았다'
시인은
'울고 있는 바위 위로해 주려다가
그 많은 울음은 어디로 가고
하늘 가로질러
웅장하게 솟아 있는 그를 보며 한없이 작아지는 마음 주체할 수 없어 한발 한발 다가서던 발걸음 멈췄다' 마음에 얼룩이란 지난 시간의 추억이 사무치도록 그리워 곱게 물들지 못했다는 말이다. '지금'이란 가장 귀한 시간에 얼룩을 찾는 일은 나쁜 기억을 찾아 나서지는 않기 때문이다. 유효하지 않는 시간들은 흘러가 버린 물과 같다. 시인은 지나간 고왔던 시절을 더듬으며 오르는 산길에서

'오랜 세월 모진 풍파 견디고
의연한 모습'의 울산바위가
'슬픈 계절을 보내고
지쳐있는 내게
그 웅장한 품을 벌려 안아준다.
밴댕이 소갈딱지 같은 마음
토닥토닥 토닥여주는
울산바위 품에 안겼다

내 몸에 소름끼치도록 포근함을 경작하는 울산바위 품'

장정희 시인의 '울산바위 품'은 멜랑콜리melancholy를 소환해 새로운 열린 세계의 길을 안내하고 있다. 멜랑콜리는 알 수 없는 우울함이나 슬픔, 애수, 침울함 등의 감정으로, 검은색을 의미하는 그리스어 멜랑melan과 담즙을 의미하는 콜레chole의 합성어다. 서정시의 대가大家들은 은밀한 감정을 마그마처럼 분출할 때 슬픔의 결을 다듬기 위해 멜랑콜리를 소환해 이미지를 만들었다. 시인의 이 노력이 부디 울산바위가 4계절 눈물을 흘리듯 4계절 푸르름 철철 넘쳐 지구 곳곳을 울울창창 물들이길 기대한다.

물 외 2편

정 구 민

입이 말라 잠깬 새벽 생명수 한 모금에
샘물처럼 새롭게 돌아나는 결핍

쓰나미가 밀어내도 인류와 같은 쪽으로 치닫는
바이러스꽃 the virus flower
지구에서 붉은절정 피워 올린다

로봇노예가 될 과학 나침반 흔들흔들
신의 심술일까?
첨단 과학시대 거리두기 양팔 벌린다
제한급수시대 초래한 인간 욕망
망초꽃 눈동자마저 건조하다

기후를 이길 수 없는 자연
자연을 이길 수 없는 인간

바다를 마시고 전설을 낳은 갈매기, 검푸른 바다 와글거린다
바닷물 염분 빼는 고육지책

수위 낮아지는 바다

물은 재생에 재생을 한다

자연이 몸을 바꾸는 소리 아찔하다

젖은 기적

모든 기적은 물에서 일어난다
지나온 세상도 앞으로의 세상도 물이 통치할 것이다
물줄기를 엿가락처럼 늘리고 별빛처럼 부수는
물의 장인은 왜 없는지
물에서 시간을 발효시켜 생명 태어나는 소리
바람 날개 달별빛 햇빛 숨기고 하늘을
종횡무진하는 것도 물의 마법이다
어제 죽은 물은 조약돌이 되어서 묵묵히 가라앉아
수많은 전설을 전하지만 그 암호를 해석하는 것은
물 뿐이다
현실과 이상적 과녁이
논둑을 부는 풀피리소리에
물뱀도 너울 춤추며
우 우 우는 계절
물은 속내를 모두 숨기고 오로지 등만 보여준다
사람의 뒷모습에 모든 것이 보이는 것도 이 때문이다
사는 것도 죽는 것도 다 젖은 기적이다

물사슴

물사슴 울음소리 출렁인다
바람 신고 다니다가 닳으면 구름을 신고
죽음보다 캄캄한 곳을 향해 물을 찾아나선다
안개는 산허리에
고삐 매고
한 걸음 한 걸음 조심스레 각을 세운다

같은 곳을 향한 다른 시선
굶은 날이 많을수록 물기는 허물어지고
뿔로 허공을 들이받아 빗물을 찾아도
마음빗장을 열지 않는 하늘

구름이 흐르고 별빛이 흐르고 마음이 흐르고 정신이 흐른다
흐르지 않는 건 물

지뢰밭에 발목 잘린 아기 물사슴
목을 축이지 못하고
하늘 쳐다보는 흰 눈망울이 허옇게 뒤집힌다

새벽 맑은 찬물에 비친 아기 물사슴 젖 빠는 소리

이젠 전설이 되고

무한한 초록 찾아 헤매는 지구의 현주소는?

시감상 | 이서빈

정구민 시인의 시들을 읽다 보면 영화 '아바타'가 생각난다. 혁신적인 기술로 흥행 순위 1위를 기록하고 있는 '아바타'의 후속편 '아바타: 물의 길'은 전편에 이어 제임스 카메론 감독이 다양한 생명을 탄생시키는 자궁으로서 물의 길을 보여주고 물의 생명력을 예찬하며 삶의 순환을 노래하면서, 인간이 가장 즐거워하는 교감의 순간과 인간이 가장 두려워하는 순환의 시간이 강렬하게 펼쳐지는 영화다. '남과 다른 시 쓰기' 2집이 물을 주제로 쓴 것과 이 영화가 흥행하는 것이 우연의 일치일까? 두려움이 앞선다.

'입이 말라 잠깬 새벽 생명수 한 모금에
샘물처럼 새롭게 돌아나는 결핍

쓰나미가 밀어내도 인류와 같은 쪽으로 치닫는
바이러스꽃 the virus flower
지구에서 붉은 절정 피워 올린다'. 쓰나미와 바이러스꽃에 밀려나면 인간도 판도라 행성에서 가족이 겪게 되는 무자비한 위협과 살아남기 위해 떠나야 하는 긴 여정과 전투, 그리고 상처를 영화에서처럼 견뎌내야 할지도 모른다.

'로봇 노예가 될 과학 나침반 흔들흔들
신의 심술일까?
첨단 과학 시대 거리두기 양팔 벌린다

제한급수시대 초래한 인간 욕망
망초꽃 눈동자마저 건조하다

기후를 이길 수 없는 자연
  자연을 이길 수 없는 인간' 우리가 지구를 떠나면 과연 '멧케이나' 부족이 '설리' 가족을 진정으로 받아들이는 것처럼 우리를 받아들이는 또 다른 지구의 부족이 있을까? 그래서 타인과 가족, 자연 등 모든 것에 대한 존경의 의미를 담은 '아바타' 시리즈 같은 지구 밖에 세상이 있을까? 반문해 보게 한다. '바다를 마시고 전설을 낳은 갈매기' 전설처럼 지구가 사라지면 전설을 낳는 갈매기가 있을까? '자연이 몸을 바꾸는 소리 아찔하다'. 시인은 이미 몸을 바꾸고 있는 자연의 소리를 듣고 있다. 우리도 환경을 지키지 못하면 저 부족처럼 지구를 떠나 어디론가 가야만 할 것이다. 다음 시「젖은 기적」을 보자.
  시인은
'모든 기적은 물에서 일어난다

  지나온 세상도 앞으로의 세상도 물이 통치할 것이다.' 그렇다, 우리가 물 없이는 잠시도 살지 못한다. 모든 생명은 '물에서 시간을 발효시켜 생명 태어나는' 것이다. 아바타에서 물의 길을 말하듯 '수많은 전설을 전하지만 그 암호를 해석하는 것은/ 물뿐이다.' 라고 자연의 암호를 해석하는 건 물 밖에 없다고 말하고 있다. 영화에서 보면 바다로 터전을 옮겨야 하는 상황에서 가족의 응집을 강조하기 위해 '가족이 우리의 요새야'라는 대사로 설득을 한다.

'현실과 이상적 과녁이

논둑을 부는 풀피리소리에

물뱀도 너울 춤추며 우 우 우는 계절'. 많은 위협으로부터 가족들을 지키기 위해 바다로의 이주를 감행하지만, 삶에 쉽사리 적응하지 못하고 온갖 시행착오를 겪는 이유는 '물은 속내를 모두 숨기고 오로지 등만 보여' 주기 때문에 안타까움을 자아내게 하는 '설리' 가족은 무차별한 공격과 착취 판도라 행성의 파괴를 야기시키며 자연과 공존하며 살아가야 하는 우리 시대에 대한 경각심을 일깨우게 한다. '물의 길에는 시작도 끝도 없어. 물은 네가 태어나기 전에도 죽은 후에도 계속 존재해. 물은 모든 곳과 연결돼.'라는 대사는 멧케이나 부족인 '츠이레야'가 물에서 숨 쉬는 방법을 처음으로 배우는 '로아크'에게 건네는 말로, 자연과 공존하며 살아가는 법에 관해 이야기하는 '아바타: 물의 길'의 주제 의식을 내비치며 많은 이들에게 진한 여운을 전하고 있듯 '사람의 뒷모습에 모든 것이 보이는 것도 이 때문이다/ 사는 것도 죽는 것도 다 젖은 기적이다'고 정구민 시인은 시로 대변하고 있다. 다음 시「물사슴」도 물의 길을 안내하는 작품이다.

'물사슴 울음소리 출렁인다

바람 신고 다니다가 닳으면 구름을 신고
죽음보다 캄캄한 곳을 향해 물을 찾아나선다
같은 곳을 향한 다른 시선
굵은 날이 많을수록 물기는 허물어지고
뿔로 허공을 들이받아 빗물을 찾아도
마음빗장을 열지 않는 하늘

구름이 흐르고 별빛이 흐르고 마음이 흐르고 정신이 흐른다
흐르지 않는 건 물
지뢰밭에 발목 잘린 아기 물사슴 목을 축이지 못하고

하늘 쳐다보는 흰 눈망울이 허옇게 뒤집힌다' 영화에는 바다에
서 구현할 수 있는 거의 모든 액션action이 들어가 있다. 바다 밑
에서 싸울 수도 있고, 잠수해서 혹은 물 위에서 찰랑거리면서 싸
울 수도 있고 수면에서 점프하면서 하늘 위에서 싸울 수도 있다.
  시인의 시처럼 수중 생태계에 경이로운 시선 액션 장면 한 번
펼쳐보지 못하고 하늘 쳐다보는 흰 눈망울이 허옇게 뒤집히는
것은 너무나 억울하지 않을까? 이 영화 1편에서는 열대우림 나
비족 중에서도 숲에서 살아가는 숲부족 주인공들의 삶이 펼쳐지
고 2편에서는 이들 사이에 생긴 문제에서 주인공 가족만 떨어져
나와 갑자기 열대우림에 살던 아이들이 바닷가로 전학을 가서
피부색 뿐 아니라 모든 것이 달라 왕따를 겪고 다툼도 있다. 서로
다른 존재들이 어떻게 공존할 것인가? 어떻게 서로가 연결되어

전체를 이루는지, 지금 우리 현실에서 겪고 있는 다양한 사회 문제들이 변형된 대작이다. 공기 중에서만 살 수 있는 우리는 물속에서도 살 수 있는 생명을 처음 본 순간 벅차오른다. 왜냐하면, 우주가 사라지면 우리는 어디로 가서 저렇게라도 살 수 있을까? 라는 생각 때문이다. '명불허전'이란 말이 있다. '아바타: 물의 길' 이야기야말로 이 시대에 꼭 필요한 지구촌 가족이 함께 힘을 합하지 않으면 지구 밖으로 이전해야만 한다는 강한 메시지가 담긴 영화다. 영화는 영화라서 이주할 공간이라도 있지 인간은

'새벽 맑은 찬물에 비친 아기 물사슴 젖 빠는 소리

이젠 전설이 되고

무한한 초록 찾아 헤매는 지구의 현주소는?' 영화에서처럼 이전해 갈 주소도 없어서 젖 빨던 힘까지 다 게워내며 환경을 살려야 한다고 부르짖고 있는 시인의 시야말로 이 시대에 '명불허전'이란 말이 구구절절 실감 나는 작품이 아닐까? 이 시향이 영화처럼 전 지구를 명불허전 향기로 강타하는 날이 오길 기대해본다.

악 몽 외 2편

최 이 근

둠벙에 갇혔다
주위는 깜깜하고 아무것도 보이지 않는다

물을 푸우푸우 뿜어내며
무언가를 잡으려고 손을 휘저어도
아무것도 잡히지 않는다

발버둥에 힘 빠지고
두려움 떼가 엄습해온다

웅덩이를 꽉 채울 것처럼 큰 물뱀 한 마리
혀를 날름거리며 내게로 다가오는데
아무리 발버둥 쳐도 꼼짝하지 못한다

뱀은 점점 가까이 오고
아무리 소리 질러도 아무도 오지 않는다
드디어 뱀은 내 다리를 꽉 물고
내 잠속에서 말한다

나는 지구다

달꾸러미

물에 빠진 달꾸러미 풀어헤쳐
달 안주 삼아 술 한잔해볼까

달빛 흥건한 극락

달빛에서 술술 풀려나온 시
달빛 취해 비틀거리고
물고기들 뻐끔뻐끔 추임새 넣고
깔깔거리는 바람웃음에 물속이 환하네

계수나무도 옥도끼도 천상에 두고 왔는지
아무리 찾아도 보이지 않고
별빛은 금비은비 쏟아내리고
몽롱해지는 어둠
정신 차리고 보니
달덩이는 흔적도 없다

물방울속 풍경

창을 엿보던 초승달 상크란 눈매
국화꽃 살살이꽃 갈바람 흔드네

용마루 집 짓고
가무에 취한 신선들
쫄깃쫄깃한 바람소리 수척해지고
비파나무 비파 연주하는 숲

왜가리 윤슬 쪼고
나비 불러들이는 꽃술
익어가는 꽃잎 날 세우네

나무 끝에 앉은 달 졸음에 꾸벅이고
산빛 찍어 그림 그리는 바람
어둠은 거짓을 먹칠하고
먹구름 쪼아 먹은
까마귀 발톱에 먹구름 냄새가 나네

시감상 | 이서빈

꿈은 누구나 꾸지만, 내용을 어떻게 받아들이는지는 천차만별이다.

정확한 흐름이 있기도 하고, 랜덤한 사건들이 연결성 없이 혼란스럽기도 하며, 의미가 분명한 꿈, 분명하지 않은 꿈, 여전히 꿈에 정확한 의미는 알 수 없다.

정신분석학의 창시자인 지그문트 프로이트(1856~1939)는 1899년 출간한 꿈의 해석에서 '정신분석에서 꿈은 의식의 수준에서 인지되지 않거나 무시되고 있는, 정신의 다른 면, 즉 무의식이 표현되는 곳, 기본적으로 꿈을 무의식의 억압된 소망 혹은 욕망이 표출되는 장소'라고 보았다. '꿈은 우리의 무의식을 이해하는 왕도이다, 꿈에서 하찮은 내용은 없다, 꿈은 우리가 깨어있는 동안 실현하지 못한 소망들을 충족시킨다. 꿈은 우리가 가진 소망들의 완전한 명백한 현실이다.'『꿈의 해석』중 프로이트의 해석에 따라 본다면 최이근 시인의「악몽」이란 그야말로 현실속 악몽이란 생각을 지울 수 없다.

시인의 악몽 속엔 시인이 깨어있는 동안 실현하지 못한 소망들이 어떤 것이기에 꿈에서 충족시키려고 하는지 따라가 본다.

'둠벙에 갇혔다
주위는 깜깜하고 아무것도 보이지 않는다

물을 푸우푸우 뿜어내며
무언가를 잡으려고 손을 휘저어도
아무것도 잡히지 않는다

발버둥에 힘 빠지고
두려움 떼가 엄습해온다
웅덩이를 꽉 채울 것처럼 큰 물뱀 한 마리

혀를 날름거리며 내게로 다가오는데
아무리 발버둥 쳐도 꼼짝하지 못한다
뱀은 점점 가까이 오고
아무리 소리 질러도 아무도 오지 않는다

드디어 뱀은 내 다리를 꽉 물고
내 잠속에서 말한다

나는 지구다'

생각조차 하기 싫은 꿈을 시인은 시로 만들었다. 인간의 괴롭힘에 못 견딘 지구가 뱀으로 둔갑해 시인의 꿈속에 나타났다. 이 시를 읽는 세계 독자들이여 이 시를 그냥 예사롭게 넘기지 말고 다시 한번 경각심을 가지고 읽어주면 정말 좋겠다.

다음 시 「달꾸러미」에서도 시인은 또 꿈속에 취한 듯한 말을 쏟아낸다.

물에 빠진 달꾸러미 풀어헤쳐

달 안주 삼아 술 한잔해볼까

달빛 흥건한 극락

달빛에서 술술 풀려나온 시

달빛 취해 비틀거리고

물고기들 뻐끔뻐끔 추임새 넣고

깔깔거리는 바람웃음에 물속이 환하네

계수나무도 옥도끼도 천상에 두고 왔는지

아무리 찾아도 보이지 않고

별빛은 금비은비 쏟아내리고

몽롱해지는 어둠

정신 차리고 보니

달덩이는 흔적도 없다

　시인은 현실을 꿈속으로 유인하는지 꿈속에 일을 현실로 유인하는지 도무지 알 수 없는 신비의 베일에 싸이게 만든다. 시인의 말대로 정신 차리고 보면 우리 지구가 달덩이처럼 흔적도 없어지면 어찌해야 할까? 지금의 환경 상태에선 아무도 장담할수 없음을 시밭에 꽃피우고 있다. 아직 여지가 남아있으니 이 시를 보고 깨달으라는 말이 아닐까?「물방울속 풍경」역시 꿈속 같은 물방울속으로 독자들을 끌고 들어가 정신을 번쩍 들게 한다.

'용마루 집 짓고

가무에 취한 신선들

쫄깃쫄깃한 바람소리 수척해지고

비파나무 비파 연주하는 숲

왜가리 윤슬 쪼고

나비 불러들이는 꽃술

익어가는 꽃잎 날 세우네

나무 끝에 앉은 달 졸음에 꾸벅이고

산빛 찍어 그림 그리는 바람

어둠은 거짓을 먹칠하고

먹구름 쪼아 먹은

까마귀 발톱에 먹구름 냄새가 나네'

이 모든 일이 물방울속 풍경이라니 이게 꿈일까? 현실일까?

생태 시를 이렇게 생태라는 말 한마디 넣지 않고 꿈인지 물방울
속인지 현실인지 도무지 분간하지 못할 낯선 공간으로 독자들을
끌고 다니며 현장학습을 시키는 듯한 시다. 후천 5만 년 미륵 세
상이 있다고 믿고 기다리는 사람들에게 최이근 시인은 미륵 세상
이 이렇다고 미리 보여주며, 그 세상엔 이렇게 꿈속에서도 물방
울 속에서도 모든 걸 할 수 있는 시대가 온다고 지금부터라도 정
신 차리고 생태계를 지켜 좋은 세상을 함께 살자고 전 지구촌에
알리는 것 같아 몰골이 서늘하다. 이 시가 바람을 타고 들불처럼
번져 모두가 환경을 지키는 파수꾼이 되길 기대해본다.

3부

푸른빗소리 2 외 2편

고 윤 옥

밤새 내린 비가 앞마당에 흥건히 고였다
고양이도 참새도 개미도
혓바닥으로 빗물에 고인 하늘을 건진다
길모퉁이 민들레 노란 기지개 켜고
햇빛이 불어난 시냇물소리 말리고 있다
처마 밑 제비 지저귐도
수양버들 머릿결도
물기를 털어내고
목마른 사슴에게
양떼에게 갈증 난 인간에게
숨통을 틔워 주었다고
강물속
메기 가물치 살 오른 고기들
그물을 피해 분주한데
생물들 살리는 빗소리 입양해 키우는 지구
푸른빗소리는 지구의 눈물이다

대한민국

집토끼 산토끼 어울려
깡충깡충 사는 나라

동방의 자그마한 땅에서
춤과 노래 흥을 들썩이며
세계를 누빈다

나도 귀하고 너도 귀하다며
짝짜꿍 합덕으로 민주주의를 잉태하고

여당 야당 소수당
저마다 소리 높여
도개걸윷모 떠들썩한 나라
국민 잘 모시려는 대표는
궁으로 들어가 도리도리
도의 이치 찾아 귀를 쫑긋 세우고

남과 다른 시 쓰는 시인들
지구를 살리려 지구환경 살피며
처방을 모색한다

>
자연보호에 골몰하는 나라
으뜸을 향해 전진하는 나라

휠휠 휠휠 질라래비 휠휠 신나는 도약에
세계가 이곳으로 몰려든다
구전口傳 따라 우르르 몰려든다

물생각

장마에 한강이 된 지하실
삶도 강물에 잠겼다
저마다 물에 빠진 마음 들고 일어나
아득한 앞날을 베고 눕는다
고여서 썩느니
폭삭 젖은 환생의 꿈이 나을까
생각이 날개 파닥인다
아무 일도 없었다는 듯 햇빛은 쨍쨍
하늘은 금이 가도록 푸른데
과거도 미래도 생각의 껍질이니
지금을 낚으려면 감성을 버리라 말한다
뚜벅뚜벅 마주친 쓰레기장은
만삭의 몸으로 비틀거리고
느닷없이 떠오른 여우별
물의 횡포에 멍청해 지는 오후
물폭탄에 짓이겨진 과거가
지금을 갉아 먹고 있다
이젠 지금을 이용해
과거를 갉아 먹어야겠다

시감상 | 이서빈

고윤옥 시인의 시 「푸른빗소리」는 애처로움에 젖어있다.

비가 푸른소리를 내며 목이 쉬도록 짖어도 환경은 더 나아질 것 같지 않기 때문인 것 같다.

'밤새 내린 비가 앞마당에 흥건히 고였다

고양이도 참새도 개미도

혓바닥으로 빗물에 고인 하늘을 건진다

길모퉁이 민들레 노란 기지개 켜고

햇빛이 불어난 시냇물소리 말리고 있다

처마 밑 제비 지저귐도

수양버들 머릿결도

물기를 털어내고

목마른 사슴에게

양떼에게

갈증 난 인간에게

숨통을 틔워 주었다고

강물속

메기 가물치 살 오른 고기들

그물을 피해 분주'하다고 한다.

얼마나 고요롭고 감미로운 세상인가? 그렇지만 과연 오늘의 지구가 영원히 이런 생명체가 살아갈 수 있을 곳인가? 생각하게 된다. 세상은 '생물들 살리는 빗소리 입양해 키우는 지구'이다.

그런데 '푸른빗소리는 지구의 눈물이'라고 지구의 아픔을 말하고 있다.

지구의 울음소리 지구 곳곳을 메아리 치고 있다. 이 울음이 그친 뒤를 이어 침묵이 기다리고 있을지도 모른다. 지금 고윤옥 시인이 여름숲을 흔들 듯 파랗게 흔드는 이 시를 주목해 주면 좋겠다. 울음소리가 시든 지구는 상상도 하기 두려우니까. 그래서 시인은 희망꽃씨를 자꾸자꾸 뿌려댄다.

다음시 「대한민국」을 보면 우리가 지금 얼마나 행복하게 사는지를 보여준다.

집토끼 산토끼 어울려

깡충깡충 사는 나라

동방의 자그마한 땅에서

춤과 노래 흥을 들썩이며

세계를 누빈다

나도 귀하고 너도 귀하다며

짝짜꿍 합덕으로 민주주의를 잉태하고

여당 야당 소수당

저마다 소리 높여

도개걸윷모 떠들썩한 나라

국민 잘 모시려는 대표는

궁으로 들어가 도리도리

도의 이치 찾아 귀를 쫑긋 세우고

남과 다른 시 쓰는 시인들

지구를 살리려 지구환경 살피며

처방을 모색한다

자연보호에 골몰하는 나라

으뜸을 향해 전진하는 나라

휠휠 휠휠 질라래비 휠휠 신나는 도약에

세계가 이곳으로 몰려든다

구전口傳 따라 우르르 몰려든다'

시인은 이렇게 좋은 세상을 이어가려면 지금 우리가 함부로 쓰고 버리는 1회용이나 마구 써대는 물건이나 옷들이 얼마나 위험한지 '남과 다른 시쓰는 시인들' 지구를 살리려 처방 모색하고 자연보호에 골몰하는 으뜸을 향해 전진하는 나라, 그래서 도깨비처럼 휠휠 날아 신의 세계에 도달하는 우리나라 대한민국으로 세계가 모여들 것이라고 말한다. 이렇게 갈증에 목말라하며 지극한 마음을 갈아 시를 쓴 것이다.

「물생각」역시도 인간은 물 없이는 단 하루도 살아갈 수 없지만 인간의 무지한 자연 파괴로 인해 '장마에 한강이 된 지하실/ 삶도 강물에 잠겼다'고 인간들이 저질러 놓은 잘못을 지적하며 물의 말을 대변한다.

'저마다 물에 빠진 마음 들고 일어나

아득한 앞날을 베고 눕는다 고여서 썩느니

폭삭 젖은 환생의 꿈이 나을까

생각이 날개 파닥인다'

물이 물이 아닌 다른 것으로 환생한다면 자연은 공멸이다. 정

말 물이 이런 생각을 해 볼 수도 있을 것같다. '뚜벅뚜벅 마주친 쓰레기장은

　만삭의 몸으로 비틀거리고

　느닷없이 떠오른 여우별

　물의 횡포에 멍청해 지는 오후' 생각을 하다가도 생각을 털어내고 그건 물의 횡포라고 갑자기 멍청해지기까지 하는 것이다.

　그리고는 '물폭탄에 짖이겨진 과거가

　지금을 갉아 먹고 있다

　이젠

　지금을 이용해

　과거를 갉아 먹어야겠다'며 새로운 결심을 하지만 과연 편리함에 익숙한 지구촌 사람들이 이 위급함을 이해할까? 지구를 살리는, 다시 말해 앞으로 앞으로만 나아가는 자본권력과 광기로 인해 우울, 분노, 소외는 갈수록 커진다. 거기에 맞는 처방전은 무엇일까?

　그렇지 않으면 고귀한 인간이 불행한 운명을 맞이하고 운명의 장난에 휩쓸려 모두 오디세우스같은 비극적 주인공이 되고 말지도 모른다.

　'결함이나 과실Hamartia' 때문에 행복하게 살다가 후세에게 물려줘야할 이 땅이 불행한 비극의 운명을 맞이 할 수도 있다는 아리스토텔레스의 정의를 떠올리게 한다. 우리 인류는 지금 아주 신나는 춤을 추고 있지만 이제 이 광기의 춤을 멈추고 지구라는 무대에서 내려와야 할지도 모른다. 지금 멈추지 않으면 지구는 낯선 장소로 변해 버릴지도 모른다. 푸코는 현실에 존재하지

않는 유토피아와 대비되는 개념으로 헤테로피아Heterotopia라는 용어를 제안한 바 있다. 이질異質이나 이형異形을 의미하는 '헤테 Hetero'에 장소를 의미하는 '토포스Topos'를 결합한 이 용어는 일상성으로부터 분리되어 있는, 동시에 일상성과 나란히 배치되어 있는 공간들을 말한다. 푸코의 헤테로토피아의 예시처럼 인간이 사라진 빈 지구의 궁전, 공동묘지, 사라진 새소리 홀로 남은 정원, 모텔, 도시, 그리고 멈춰선 자동차와 비행기등이 영화로 만들어져 상연上演되지 않기를, 푸코의 헤테로토피아 무대에서 다양한 웃음소리가 사라지지 않길 비는 고윤옥 시인의 애끓는 시들이 전 세계로 날아가 인기 좋은 연예인들보다 더 사랑받길 기대해본다.

잠들지 않는 강물 외 2편

권 택 용

강물은 잠자지 않고
밤낮을 가리지 않고
시대를 가리지 않고

만물을 살린다

흐르는 물은 다투지 않는다

댐으로 막으면 갇혀있고
돌부리가 막으면 돌아가고
웅덩이가 막으면 날아가고
절대로 무리하지 않는다

마음의 강물도 잠들지 않고 흐른다

남과 다른 시쓰기는 지구를 살리는 마중물
땅속의 맑고 차가운
지하수를 길어올려
세상이 가뭄에 허덕일 때 목을 축이는
귀한 생명수

그 집

바닷가 민박집에서는
비에서도 햇살에서도 눈발에서도
비린내가 난다

그 민박집 하늘에는
물고기가 살고 있나보다

바닷가 민박집에서는
비에서도 햇살에서도 눈발에서도
가시가 돋는다

그 민박집 하늘에는
가시넝쿨이 살고 있나보다

물결

인간 정도 깊고 얕음이 있고
물에도 깊고 얕음이 있다

세계에서 제일 깊은 바다는
마음바다
그 깊이는 죽을 때까지 재도 다 잴 수 없다

지구에서 가장 큰 호수는
눈속에 있는 호수
짭짜름한 물이 호수에 가득하지만
눈이 절여지지 않는다

세상에서 가장 깊고 깨끗한 호수는
갓 태어난 아기의 눈속 호수다

세상에서 길이가 긴 강은 눈물강이다
죽을 때까지 마르지 않는 길이의 강이다

물에도
인간에게도 결이 있다

숨결 잠결 꿈결

곱디고운 단어들

최고의 문장은 비단결 같은 마음결을 가진 물결이다

시감상 | 이서빈

　권택용 시인의 시 「잠들지 않는 강물」이란 시 줄기를 따라가
본다.
　'강물은 잠자지 않고
　밤낮을 가리지 않고

　시대를 가리지 않고
　만물을 살린다.'란 표현은 프랑스 철학자이자, 탈무드 주석가
로, 에드몽 자베스와 더불어 프랑스어권에서 가장 중요한 유대
계 작가로도 주목받는 레비나스의 '참으로 사람다운 삶은 그냥
존재함의 차원에 만족하는 조용한 삶이 아니다.'라는 말을 자연
에서 성찰하고 사유해서 이미지로 잘 형상화하여 시어로 조각해
냈다. 그러면서 '흐르는 물은 다투지 않는다' 강물은 다투지 않
고 저렇게 사이좋게 잘도 흐르는데 인간은 왜 끊임없는 전쟁으
로 싸우고 죽이고 해야만 하는지 현대사회에서 멈추지 않는 인
간 욕심 때문에 상처난 마음을 들춰냄으로써 공감적 시상을 유
도해내며 이제 전쟁을 끝내고 삶에 지친 사람들에게 희망과 평
화를 가져다주기를 바라며, 그렇지 않아도 환경은 망가져 지구
엔 물이 새고 앓는 소리가 안개처럼 깔리니 제발 공멸하지 않으
려거든 물처럼 다투지 말 것을 촉구하는 말을 단 한 구절 '흐르는
물은 다투지 않는다'고 모든 생명의 생존 여탈권을 쥐고 있는 물

도 다투지 않는다고 전쟁의 후유증을 걱정하고 있다.

레비나스가 '사람답게 사는 삶은 타자에 눈뜨고 거듭 깨어나는 삶이다.'하듯 물은 물답게

'댐으로 막으면 갇혀있고

돌부리가 막으면 돌아가고

웅덩이가 막으면 날아가고

절대로 무리하지 않는다'라고 물답게 사는 삶은 타자에 눈뜨고 거듭 깨어나는 삶이란 걸 물 흐르듯 엮어낸다. 또한 '남과 다른 시 쓰기는 지구를 살리는 마중물'이라고 자신 있게 말하고 있다. 마중물이 얼마나 중요한 것인가? 마중물이 없으면 땅속에 아무리 맑은샘물이 많아도 물을 퍼 올릴 수 없던 시절이 있었다.

지금 마중물의 중요성을 깨닫지 못하면 '지구'라는 말조차 깜깜해질지도 모른다. 또 다음 시「그 집」에서는

'바닷가 민박집에서는

비에서도 햇살에서도 눈발에서도

비린내가' 나는 이유를 '그 민박집 하늘에는/ 물고기가 살고 있나보다'라며 사물을 예민한 투시력으로 관찰해 상상을 투입하고 고뇌해서 상상나무에 꽃을 피운다. 상상나무꽃에 핀 꽃 렌즈를 통해 살펴보니

'바닷가 민박집에서는

비에서도 햇살에서도 눈발에서도

가시가 돋는다

그 민박집 하늘에는

가시넝쿨이 살고 있나보다'

햇살에도 눈발에도 가시가 돋고 하늘에도 가시넝쿨이 살아있는 역동적이고 활달하고 기묘한 생각 줄기를 타고 독창적인 시세계를 개척하며 독자들을 탐험하게 한다. 또 '물결'에서는 지구에서 함께 매일매일을 살아가는 우리의 심정을

'인간 정도 깊고 얕음이 있고
물에도 깊고 얕음이 있다'

'세계에서 제일 깊은 바다는
마음바다
그 깊이는 죽을 때까지 재도 다 잴 수 없다'라고 가장 평범한 말에 가장 심오한 의미를 부여해 삶에 대해 통찰하게 한다.

'지구에서 가장 큰 호수는
눈속에 있는 호수
짭짜름한 물이 호수에 가득하지만
눈이 절여지지 않는다

세상에서 가장 깊고 깨끗한 호수는
갓 태어난 아기의 눈속 호수다
세상에서 길이가 긴 강은 눈물강이다
죽을 때까지 마르지 않는 길이의 강이다
물에도
인간에게도 결이 있다
숨결 잠결 꿈결

곱디고운 단어들

　최고의 문장은 비단결 같은 마음결을 가진 물결이다'

　올가 토카르추크 폴란드(2018 노벨 문학상 수상) 시인이자 소설가가 쓴 '방랑자들' 이란 책에는 '멈추는 자는 화석이 될 거야. 정지하는 자는 곤충처럼 박제될 거야. 심장은 나무바늘에 찔리고, 손과 발은 핀으로 뚫려 문지방과 천장에 고정될 거야.' 라고 했다.

　권택용 시인은

'지구에서 가장 큰 호수는

눈속에 있는 호수

세상에서 길이가 긴 강은 눈물강이다

　죽을 때까지 마르지 않는 길이의 강이다.' 곧 지구에서 가장 큰 호수인 눈속 호수도 세상에서 가장 긴 강인 눈물강도 끊임없이 움직이고 생각하고 쓰고 말하는 것이 살아있다는 것의 증명이고 이것을 멈추는 것은 스스로를 결박하고 죽이는 행위임을 자각하고 지난한 고투苦鬪를 향해 가고 있음을 시로 보여주고 있다. 또 하나 이 시에서 눈여겨볼 일은 인류가 잘살려면 결국 생태계를 살려 건강한 지구를 만들어야 함을 온 세상에 알리고 있다는 점이다.

돌아오지 않는 것들 외 2편

우 재 호

신음하는 강

늘 살아 바스락거리는 풀숲
팔랑거리는 은빛 비늘
투명한 물속 들여다보면
크고 탐스러운 새까만 골뱅이 새알 주워서
의기양양 돌아오던 어린 날
아스라이 사라졌다

회색 콘크리트 교각 위
바퀴들만 속도를 낸다

푸른 대지 망친 영혼
서서히 황폐해지듯
등뼈 휜 물고기 떠오른 강도 죽어간다

묵직한 초망 들고 물가에 서면
물고기들 넘치는 힘으로 뛰어오르다
거꾸로 든 우산에 갇혀
종다래끼 한가득 파닥거리던 물고기

\>

붕어, 피리, 메기, 꺽지, 가물치, 미꾸라지
그 많던 물고기들 살던 곳 버리고
떠났다는데
어디 가야 그 옛날 붙들어 올 수 있을까
생각 없이 쓰고 버리는 세제 거품
폐수에 울부짖는 강

그 많던 새들은 반갑다 몰려들던 물고기들은
다들 어디로 떠났을까?

새까맣게 썩은 강가
어린 시절 멱감던 기억들은 어디서 소환할 수 있을까?

지나는 바람한테 물어보니
그걸 몰라 묻느냐
면박 주며 거칠게 휘리릭 지나간다.

플라스틱 수프

매년 바다 버려진 1천 3백여만 톤 플라스틱
해류 따라 흘러 태평양 한가운데
한반도 일곱 배 쓰레기 왕국 만들었다

합성수지 플라스틱 발명한 19세기에
세계가 플라스틱 뒤덮일 것
예상했을까?
플라스틱 부서지고 녹아
바다가 플라스틱 수프 되었다

제주 남방큰돌고래 비닐봉지 지느러미에 감고
폐비닐과 놀던 어린 돌고래
쓰레기에 휘감기거나
몸이 껴 움직이지 못하고
그물에 걸린 해양 동물 뱃속엔 플라스틱 쓰레기 잔뜩 쌓여있다

지난 48년간 해수 온도 오른 한국 바다
세계 평균 두 배 이상 급격하게 뜨거워졌다
플라스틱 만드는 과정 이산화탄소 배출
지구온난화 부채질하고

소비된 플라스틱 바다로 버려지는 악순환 반복

죽은 새끼 대왕고래에서 맹독성 화학물질 검출되었다
플라스틱 쓰레기
지구온난화
맹독성 폐기물
후쿠시마 원전 오염수
모든 생명 직접 위협
세상은 비명 내지르는데
귀 막고 눈 막은 인간들 종말 향해
끝없이 내달리고 있다.

강물은, 곧

물소리 날개 퍼덕이고
새들 노래 화답하며 살아온 삶의 터전

산동네 바람은 화약을 실어나르고
중장비 굉음 산을 뒤흔든다

맑은 물속
싸이나, 세제들 마구 풀어
전신에 퍼지는 독성
숨이 막혀 발버둥 치던 물고기
물위로 떠오른다

물고기 떠오른다 좋아하는 사람들
뜰채로 건져 고추장 찍어 먹는다

시간 지나면 이 물 하류 떠내려가고
새로운 물로 채워질 거라며
왁자지껄 사라져버린다

허옇게 배 뒤집어

거센 물살에 둥둥 떠내려가는

앓는 소리 자욱한 아비규환

강물은 곧, 똑같은 답신 인간에게 통보할 것이다.

시감상 | 이서빈

이 세상 모든 것들은 한 번 흘러가면 돌아오지 않는다.
우재호 시인의 시 「돌아오지 않는 것들」에서도
'신음하는 강
늘 살아 바스락거리는 풀숲
팔랑거리는 은빛 비늘
투명한 물속 들여다보면
크고 탐스러운 새까만 골뱅이 새알 주워서
의기양양 돌아오던 어린 날
아스라이 사라졌다.' 그런 날들이 사라지거나 말거나 무심한
인간들을 향해 동심이라도 일깨워주면 나을까 생각하지만, 인
간들은 욕심을 실은 '바퀴들만 속도를 낸다.' 시인은 다시 한번
사람들을 강물로 유인한다.

'붕어, 피리, 메기, 꺽지, 가물치, 미꾸라지
그 많던 물고기들 살던 곳 버리고
떠났다는데
어디가야 그 옛날 붙들어 올 수 있을까?
생각 없이 쓰고 버리는 세제 거품
폐수에 울부짖는 강
그 많던 새들은 반갑다 몰려들던 물고기들은

다들 어디로 떠났을까?' 궁금증과 경각심을 주면서
'새까맣게 썩은 강가
어린 시절 멱감던 기억들은 어디서 소환할 수 있을까?
지나는 바람한테 물어보니
그걸 몰라 묻느냐
면박 주며 거칠게 휘리릭 지나간다' 며 이 지구가 더 이상 아
파서는 안 된다고 절실하게 외치며, 그럼 그 맑은 시절을 어떻게
다시 만날 수 있냐고 바람에게 물으니 바람도 면박만 주고 지나
간다고 우리가 사는 이 지구를 우리 스스로 살리지 않으면 답이
없음을 애타게 호소하고 있다.
　다음 시「플라스틱 수프」라는 시를 보면 끔찍한 생각이 들어
정말 심각하다는 생각을 떨칠 수 없다.

'매년 바다 버려진 1천3백여만 톤 플라스틱
해류 따라 흘러 태평양 한가운데
한반도 일곱 배 쓰레기 왕국 만들었다

합성수지 플라스틱 발명한 19세기에
세계가 플라스틱 뒤덮일 것
예상했을까?

플라스틱 부서지고 녹아
바다가 플라스틱 수프 되었다' 얼마나 끔찍하고 잔인한 말인가?
다음 연은 '물에 걸린 해양 동물 뱃속엔 플라스틱 쓰레기 잔뜩

쌓여있다' 포토 리얼리즘 같이 극명한 사실적 구성을 찍어 너무나 선명하게 머릿속에 떠오르는 한 편의 영화 같은 시다. 플라스틱을 먹은 동물과 물고기를 먹고 산다는 말 아닌가? 이렇게 기가 막혀 말조차 나오지 않는 일이 오늘날 우리 지구의 현실이다.

'죽은 새끼 대왕고래에서 맹독성 화학물질 검출되었다
플라스틱 쓰레기
지구온난화
맹독성 폐기물
후쿠시마 원전 오염수
모든 생명 직접 위협
세상은 비명 내지르는데
귀 막고 눈 막은 인간들 종말 향해
끝없이 내달리고 있다.' 시인이 이렇게 적나라하게 표현하는데 이 시를 감상하는 내가 더 무슨 말을 보탤 수 있단 말인가?

우재호 시인은 「강물은, 곧」에서도 여전히 인간들이 저지르는 만행을 고발하고 있다.

'물소리 날개 퍼덕이고
새들 노래 화답하며 살아온 삶의 터전
산동네 바람은 화약을 실어 나르고
중장비 굉음 산을 뒤흔든다
맑은 물속
싸이나, 세제들 마구 풀어

전신에 퍼지는 독성

숨이 막혀 발버둥 치던 물고기

물 위로 떠오른다

물고기 떠오른다 좋아하는 사람들

뜰채로 건져 고추장 찍어 먹는다

시간 지나면 이 물 하류 떠내려가고

새로운 물로 채워질 거라며

왁자지껄 사라져버린다

허옇게 배 뒤집어

거센 물살에 둥둥 떠내려가는

앓는 소리 자욱한 아비규환

강물은 곧, 똑같은 답신 인간에게 통보할 것이다.' 인류는 지금 지구에게 어떻게 해야 동물들의 앓는 소리를 걷어낼 수 있을까? 심각하게 고민하지 않으면 안 되는 매우 급함을 조금도 거르지 않고 줄줄 흘러내고 있는 시인의 시가 섬뜩하다. 인간은 폭력에 너무 익숙해 있었는지도 모른다.

인간과 인간관계에서도 양가감정이 성립된다. 만물의 영장이라지만 인간은 다른 이들에게 의존하지 않으면 살 수 없는 나약한 존재다. 타인과의 관계는 필수적이다. 선택 사항이 아니다.

갓 태어난 아기가 혼자서는 먹을 수도 설 수도 없다. 상대에게 의존할 수밖에 없다. 그럼에도 그 의존이 끝나면 자신의 삶을 지켜야 한다는 불안 때문에 상대를 이겨야 한다고 생각한다. 이 양가감정을 가장 교묘하게 이용하는 것이 신자유주의적 질서와 자본주의의 생리이다. 오직 자본 부 생산만이 가치의 척도가 될 때 이 구조는 정치적으로나 자본적으로 배척된 삶은 더욱 취약해지고 위태로워진다. 자신이 살기 위해 상대를 어둠속으로 밀어 넣어야만 하는 이 자본주의 생리가 다른 생물을 죽이고 생태계를 죽이고 나아가 지구를 죽이면서도 그 후에 자신들마저 죽인다는 건 까맣게 잊고 앞으로 앞으로만 나아간다.

스위스 독일 오스트리아를 중심으로 분포된 서유럽의 '예니셰 Yeniche'라는 유랑민족이 있다. 국가로부터 추방되어 처형의 대상인 이들을 스위스 연방정부는 정신이상자 집단으로 분류하는 정책을 폈다. 이로 인해 그들의 자녀는 교도소 정신요양 시설 고아원으로 격리되어 훈육을 받아 정상 시민으로 돌아온다.

우리나라에 일제 저항기 때 조선총독부가 설치한 '소록도 자혜의원'은 한센병 환자들을 격리하고 '형제복지원'은 지적 장애인 문제아 사회 부적응자로 격리해 정상이 되도록 훈육을 시킨다. 우재호 시인의 피를 갈아 붉게 쓴 이 시를 보며 이 지구 어디에 저렇게 인간을 격리해 교육을 통해 생태계를 살려야 지구가 산다는 생각이 지배하는 인간으로 돌아오게 하는 시설을 세워야 한다는 생각이 간절하다. 제발, 이 시가 인간이 사는 곳곳까지 날아가 인간 모두 각자의 마음속에 그런 격리소 하나씩 지어 지구를 맑고 푸르게 정화하는 계기가 되었으면 좋겠다.

지구 세탁 외 2편

이 정 화

오염된 지구
세탁기에 돌려 깨끗이 빨고 싶다

하늘 땅 물 모두 찌들어
눈코 뜨고 볼 수 없다

둘레길 물소리도
꽃 피는 소리도
바람소리마저 시든 지구

거품은 통돌이속에 돌아가고
오염된 구름 해 달그림자조차 보이지 않는다

나무와 꽃, 동물
어디로 피난해야 할까?

코로나바이러스 화성 금성으로 보내고
깨끗이 빨아 말린
지구에서 대대손손 살아볼까

용

밤새 내린 도둑비
꽃목 산산이 날려 버렸다
주검, 어지러이 널브러진 바닥
바람, 주검을 이리저리 모으고
햇볕들 조문하고 있다

물할미라 존대 받고
물로 재주 부리는 용녀 용신 용왕
누가 용의 비늘을 건드렸을까?
저 수많은 꽃잎 목숨 하룻밤 새 도둑으로 변한 걸 보면
누군가 용의 비늘을 건드린 게 분명하다
때로는 바가지에 담겨
병마를 쫓고 부정을 쫓고
정화수되어
엄니의 간절한 소망 들어주고
성수되어 신도들 머리에 뿌려지기도 하고
관욕물 되어 석가모니불 씻기기도 하고
뱃속에 양수가 되어 새생명을 잉태하기도 하고
천지조화 하는 용

>

눈물 콧물 진물

모든 소용돌이에서 나온다

만약 소용돌이 아니고 대용돌이라면

지구는 물속에 잠기고 말 것이다.

물의 집

물의 집이 어디에 있는지 아무도 아는 이가 없다

입에서는 침이라는 이름으로
코에서는 콧물이란 이름으로
눈에서는 눈물이란 이름으로

도깨비처럼 이름 바꿔가며 살아가는
담기는 그릇마다 달라지는 물

물 내리면 숲의 몸부림이 심해지고
물오르면 푸르름 아우성이 시작되어도
끄떡도 않고
지구를 휘젓고 다니는 물 물 물

지구를 뒤흔들며 괴물도 되었다가 생명수도 되었다가
횡포를 부리는 전지전능한 신神

냄새도 맛도 없이 늘 젖어 있는 물
집앞 골목처럼 낯익지만
시공을 넘나드는 물

\>

뜨거운 여름이나 추운 겨울을 밀어내는 건
미지근한 가을이나 봄이듯
사람이 태어나게 하는 것도 죽게 하는 것도
늘 맛도 냄새도 없는 맹물이다

갈증이 나 물 한 사발 벌컥벌컥 들이킨다

시감상 | 이서빈

지구의 생태계를 지키기 위해 시 피켓을 들고나온 이정화 시인의 시를 오직 눈앞에 이익만 추구하는 자본주의 사회에서는 무관심한 것을 알지만 그래도 시인은 쓴다. 지구 환경을 치료하는 이 시가 외로운 공명통共鳴通이 되어 돌아올지라도 그는 상관 않을 것이다. 오직 눈앞에 이익만을 위해 앞으로만 달려가는 사람들이 혹시 읽는다고 하더라도 귀신 신발 꿰매는 소리로 들리겠지만, 그럼에도 「지구 세탁」이란 신념에 자신을 투신한 시인.

'오염된 지구

세탁기에 돌려 깨끗이 빨고 싶다'고 외친다. 이정화 시인만이 할 수 있는 일이다. 제발, 지구를 깨끗이 세탁해 주면 좋겠다. 시인이 이렇게 결심한 까닭은 '하늘 땅 물 모두 찌들어/ 눈코 뜨고 볼 수 없'기 때문이다.

'둘레길 물소리도

꽃피는 소리도

바람소리마저 시든 지구' 시인은 물소리도 꽃 피는 소리도 바람소리마저 시든 지구 혼돈으로 빠진 지구라고 말한다.

'거품은 통돌이속에 돌아가고

오염된 구름 해 달그림자조차 보이지 않'으니 영롱한 풀잎이슬이나 별빛조차 볼 수 없을 것 같은 이 시구詩句가 간담을 서늘하게 한다.

'나무와 꽃, 동물

어디로 피난해야 할까?' 누군들 이 생각을 한다면 아찔하지 않을까? 시인은

'코로나바이러스 화성 금성으로 보내고

깨끗이 빨아 말린

지구에서 대대손손 살아볼까?'라며 그래도 실올같은 희망의 끈을 잡고 생태계를 파괴하는 인간에게 후손에게 죄인이 되지 말 것을 호소하고 있다.

시인은 아래 시「용」에서도 용의 상징인 물의 중요성을 말하고 있다.

용은 왕을 상징하기도 하고 신神을 대신하기도 하고 비늘만 건드려도 세상을 물바다로 만들 수 있는 능력의 소유자다. 우리나라 제주도에 가면

'물할미라 존대 받고

물로 재주 부리는 용녀 용신 용왕' 등 용을 상징하는 바위산 강이 많다.

'누가 용의 비늘을 건드렸을까?

저 수많은 꽃잎목숨 하룻밤 새 도둑으로 변한 걸 보면

누군가 용의 비늘을 건드린 게 분명하다'라고 용의 비늘을 건드려 꽃들을 하룻밤 새 도둑으로 만드는 용의 능력을 말하며

'때로는 바가지에 담겨

병마를 쫓고 부정을 쫓고

정화수 되어

엄니의 간절한 소망 들어주고

성수 되어 신도들 머리에 뿌려지기도 하고

관욕물 되어 석가모니불 씻기기도 하고

뱃속에 양수가 되어 새 생명을 잉태하기도 하고

천지조화 하는 용'이라며 인간이 용을 얼마나 믿고 숭배하는지를 직언하며

'만약 소용돌이 아니고 대용돌이라면

지구는 물속에 잠기고 말 것이다.' 용에게 간절히 물의 평정을 빌고 있다.

아래 시「물의 집」의 집을 보면 더욱 선명하게 보인다.

'물의 집이 어디에 있는지 아무도 아는 이가 없다' 아마도 용왕신이나 알겠지. 우리의 몸속에도

'입에서는 침이라는 이름으로

코에서는 콧물이란 이름으로

눈에서는 눈물이란 이름으로

도깨비처럼 이름 바꿔가며 살아가는

담기는 그릇마다 달라지는 물'이라며 용의 능력만큼이나 물의 신비를 강조한다.

'지구를 뒤흔들며 괴물도 되었다가 생명수도 되었다가

횡포를 부리는 전지전능한 신神'이라고 명명한다. 우리는 늘 몸속에 물을 담아 물포대가 되어 걸어 다니면서도 중요한 걸 모른다는 말을

'냄새도 맛도 없이 늘 젖어 있는 물

앞 골목처럼 낯익지만

시공을 넘나드는 물'이라고 말한다. '갈증이 나 물 한 사발 벌

컬벌컥 들이킨다' 이 평범한 것 같은 시구, 그러나 만일 갈증이나 목이 타들어가도 물 한 방울 마실 수 없다면 얼마나 아찔한 일인가를 말하고 있는 것이다.

고대 그리스 철학자인 엠페도클레스(A.C 493년경~430년경)는 세상의 모든 만물은 물, 불, 흙, 공기의 4개 원소로 이루어져 있다고 했다. 이 네 가지의 힘이 사랑과 미움이라는 끌어당기는 힘과 밀어내는 힘에 의해 서로 얽히고설키면서 만물이 생겨나고 소멸된다고 보았다. 상상력의 철학자 연금술사와 현자의 이미지를 지닌 바슐라르는 '상상력의 형이상학'에서 우리가 만나는 물은 그냥 물이 아니라 어떤 모양과 색깔 냄새와 촉감을 지닌 말하자면 체험하는 물, 기억된 물은 H2O가 아니라는 것이다. 그러므로 물은 누구나 체험하는 보편적인 물질이지만 결코 누구도 동일한 물, 한 가지 물을 체험하지는 않는다고 본다. 물 위에서 자신의 모습을 바라보는 순간 물은 바로 내가 된다. 그 물은 나이면서 내가 아니다. 물에 참여하는 것, 물과 하나가 되는 것, 그리고 이것이 물질과 만남 속에서 벌어지는 사건, 그것은 하나의 보이지 않는 끈으로 연결되어 당신이 되거나 또 다른 나로 변한다. 바슐라르가 말하는 '나르시스 콤플렉스'다. 샘물에 비친 풍경에 넋을 잃은 나르시스는 우주적 아름다움에 눈을 뜨고 이때 아름다운 세계가 자신을 본다. 세계의 아름다움은 누군가가 자신의 모습을 샘물위에 비춰보는 순간 태어난다는 (나르시스: 그리스 신화에 나오는 미소년, 호수에 비친 자기 모습을 사랑하다가 빠져 죽어서 수선화가 되었다 함). 바슐라르.(물과 꿈 중에서)엠페도클레스나 바슐라르의 말처럼 이정화 시인은 만물의 근원인 물, 역사의 지류를 끊임없이 흐르게 하는 물이 동맥경화가 걸리지 않도록 우리 모두 힘써 생태계를 지켜내야겠다는 강한 의지를 피력하는 것이다. 왜냐면 내가 물일 수도 있고 물이 아닐 수도 있지만 나와 물이 하나임은 부인할 수 없으니까. 이정화 시인의 시를 읽고 중랑천을 거닐었다. 강물이 물새 떼를 날려 푸드덕, 날아오른다. 이 시가 번역되면 푸드득, 풀풀 지구 곳곳으로 시를 물어날라 지구인들이 물의 중요성을 깨달았으면 좋겠다.

4부

목마른 늪 외 2편

글 빛 나

습지식물의 천국
하늘로 올라가는 용이 쉬었다 가는 곳

이무기 눈물 다 마르자
사시사철 마르지 않던 늪이 말랐다.
생물들 썩지 않는 이탄층 출렁거리는 곳

람사르 협약*의 고층습원
하늘빛 몌 감는
푸른 속살도 파래서
금강초롱꽃 피고
지구주름 거르던 늪지

탐방로
닻꽃 비로용담 수런거림
가을 채비를 서두르는 뚝사초
전설속에 가둘 수 없다는 몸부림은
목마른 늪비린내 파고든다.

무심한 행인
용머리 약수 물맛이 꿀맛이란다.

* 국제 습지보호 협약.

118

토마토

종소리가 대낮을 밝힌다.
식탁 꼬드기는 우주심장 한 접시

물소리 벌레소리 별빛울음 먹고 자란
밍밍한 우주심장을 먹으니 온몸에 토마토꽃이 화들짝 핀다

천사의나팔꽃 호박꽃 고구마꽃들이 부는 종소리
토마토 토마토
머리와 꼬리가 같은 음으로 공중을 날아오른다

믹서기에 갈린 우주심장
벌컥벌컥 들이키는 소리
우주심장을 마시고 우주심장을 가꾸며
우주에서 사는 우주인
시작과 끝이 같은
'토마토'
모두 흙이라는 말

백로

소양호가 백로를 부르는 새벽이면 물보라가 인다.
호수로 들어간 날개와 나간 날개 깃털은 시간을 공중으로 물어나른다

팔꿈치가 없는 백로는 긴 부리의 시간을 가지고 있이
야속한 시침과 분침은 강의 속살도 말려버린다.

먹잇감이 가난한 백로는 사선을 넘나들며
가을 너머 겨울 언저리
부러진 시간을 이으며
이산가족의 안부를 물어나른다

바짓가랑이 걷어올리고
백두산 바람을 물어 나르는 백로의 종아리엔
한이 거미줄처럼 걸려있다

한쪽 종아리엔 남쪽을 걸고
한쪽 종아리엔 북쪽을 걸고
물끄러미
먼 곳을 바라보고 있는 하얀이슬 백로白鷺

시감상 | 이서빈

세계 곳곳이 목마름에 타오른다.

화마火魔가 짓밟고 지나간 숲들이 그렇고, 먹을 물이 없어 세수를 못 하는 나라가 그렇고, 지구촌엔 물 전쟁이 한창이다. 우리나라도 지구촌에 있는 한 예외는 아니다. 글빛나 시인은「목마른 늪」에서 '습지식물의 천국 하늘로 올라가는 용이 쉬었다 가는 곳.

이무기 눈물 다 마르자 사시사철 마르지 않던 늪이 말랐다.'고 수도하던 이무기 눈물이 마르자 늪까지 덩달아 말랐다고 안타까움을 말하며 이 시대에 물전쟁을 걱정하고 있다.

'람사르 협약 의 고층습원

하늘빛 멱 감는

푸른 속살도 파래서

금강초롱꽃 피고

지구주름 거르던 늪지

탐방로

닻꽃 비로용담 수런거림

가을 채비를 서두르는 뚝사초

전설 속에 가둘 수 없다는 몸부림은

목마른 늪비린내 파고드'는데도 아무 관심조차 기울이지 않는 사람들을 보며 시인은 또 한 번 야속함을 드러내며 '무심한 행인 용머리 약수 물맛이 꿀맛이란다.'라고 조롱하고 있다. 어찌 보면 저렇게 세상사에 관심 없이 자신만을 생각하며 사는 동물적이고 나아가서 식물적인 삶이 살아가는 사람들에겐 오히려 속이 편한지 모르겠다는 생각이 들기도 한다. 잘 쓰면 약이 되지만 잘못 쓰면 독이 되는 이 무심함 때문에 오늘날 우리 인류는 고독, 소외, 외로움이 바글거리는 '코로나 19'라는 암담한 감옥에 고립되어 있다고 말하는 것이다.

문명과 과학의 발전은 이것 말고도 이미 인간을 개인 감옥에 가두고 있다.

스마트폰이 등장하면서 인간은 철저하게 개인주의 감옥에 갇혀 살며 그 울타리를 벗어나지 못하고 있다. 밥을 먹으면서도 지하철에서도 잠시도 감옥에서 헤어날 생각을 않는다. 자신만의 가상 공간을 헤엄치며 주위에 누가 있는지조차 관심이 없다.

인간들은 막막한 세상을 그렇게 채우며 그것에서 헤어날 의지는 전혀 없다.

자신의 구미에 맞는 소리들을 마구 귓속으로 쏟아 넣으며 자신의 구미에 맞지 않는 말들은 모두 단절시키는 자신의 감옥에 갇혀 있는 것이다. 한 마디로 '무심'이다.

다음 시 「토마토」에서는

'물소리 벌레소리 별빛울음 먹고 자란

밍밍한 우주심장을 먹으니 온몸에 토마토꽃이 화들짝 핀다

천사의나팔꽃 호박꽃 고구마꽃들이 부는 종소리

토마토 토마토

머리와 꼬리가 같은 음으로 공중을 날아오른다

믹서기에 갈린 우주심장
벌컥벌컥 들이키는 소리
우주심장을 마시고 우주심장을 가꾸며
우주에서 사는 우주인
시작과 끝이 같은
'토마토'

　모두 흙이라는 말'이라며 결국 인간의 몸은 흙에서 태어나 우주의 심장을 파먹고 살다가 흙으로 돌아간다. '토마토'는 흙과 흙이라고 말하고 있다. 결국, 욕심을 버리고 계약만료 날짜까지 자연의 순리를 따르라는 말이다. 슬픔도 괴로움도 즐거움도 모두 믹서기에 갈아 벌컥벌컥 들이키면 끝날 시작과 끝을 '토마토'에 넣어놓고 나머지 여백은 독자들이 생각하게 만드는 여백의 시학이다. 「백로」라는 시는 제목만 봐도 하얗게 마음이 씻기는 느낌이 드는 시다.

　'소양호가 백로를 부르는 새벽이면 물보라가 인다.
　호수로 들어간 날개와 나간 날개 깃털은 시간을 공중으로 물어나른다' 이렇게 평화로운 시간이 얼마나 지구상에 더 존재할지 시인은 걱정을 불러모은다.

'야속한 시침과 분침은 강의 속살도 말려버'리고
'먹잇감이 가난한 백로는 사선을 넘나들며
가을 너머 겨울 언저리

부러진 시간을 이으며

이산가족의 안부를 물어나른다' 환경오염으로 인해 먹이사슬이 파괴되어 먹잇감이 가난한 상황에서도 백로는 죽음과 삶의 경계선을 넘나들며 남북의 안녕을 걱정하고 있다면 '백로'는 아마도 우리 민족의 시조새인지도 모른다.

한쪽 종아리엔 남쪽을 걸고
한쪽 종아리엔 북쪽을 걸고
물끄러미

먼 곳을 바라보고 있는 하얀이슬 백로白鷺' 얼마나 달려가야 남북이 하나가 될까? 언제쯤 욕심 멈추어 환경이 살아날까?

안타까운 슬픔을 하얀이슬 백로라고 말했다. 백로가 살 수 있도록 우리는 환경을 보호해야 한다. 우리 나부터 조그만 것부터 하나부터 푸르름을 살리는데 무심하지 말고 관심을 가져야 한다고 외치는 시.

마르셀 프루스트의 '잃어버린 시간을 찾아서'와 함께 방대하고 대단한 장거리 여행을 끝내고 몇 달을 멘붕에 빠져 사람의 능력이 어디까지인가라고 방황하던 시절처럼 글빛나 시인 시도 시인의 정신이 어디까지 갈 수 있을까? 하고 멍하게 생각하게 만든 시다. 잠깐 살다 갈 지구 우리 모두 글빛나의 시를 보며 무심을 관심으로 바꾸는 계기가 되길 기원해 본다.

물방울꽃 외 2편

김 일 순

모든 것의 몸속을 들락거리며 목숨을 관장하는 물

산속 땅 틈바구니 퐁퐁 솟아
토끼 노루 목축이고 새 부리 씻고
도란도란 흐르다 모이고 또 흐르며
모난 돌멩이 다듬는다
살아있는 모든 것에 물냄새가 나는 이유다

바다에는 많은 것들이 모여든다
물보라 하늘 날고
장미는 가시를 세우며
갖가지 색으로 피어난다
너무 작거나 흔해 이름도 없이
그냥 들꽃이라 불리다 사라지는 것들
무명들 설움이 모여 구름이 된다

구름이 바람에 실려온다
구름안에 스며있던 무명꽃향기
서러운 물방울로 맺혔다

흠 없는 물방울꽃에 삼라만상이 다 들어있다

파문

망망한 물위로 눈물이 떨어진다
눈물방울 점점 커져버린 물위로
소금쟁이가
제 그림자 물속에 띄우고 가느다란 다리로 4차원을 세운다

보고 싶은 얼굴 일렁이고
사라진 시간들 춤춘다
아린 기억 헤픈 생각
소금쟁이 발자국을 따라 옮겨간다

소금쟁이 물위를 누비는데
송사리는 고요속에 세운 4차원에 폭죽을 터트린다
온갖 색 흥건한 시상
아무리 울어도
물위에 떨어진 눈물 한 방울 이기지는 못한다

수면에 물꽃이 핀다, 물주름꽃이 핀다
늑골과 늑골 사이
한 방울의 검색어에 수없이 확장되는
마음은
한 방울의 파문이다

소금신전

바다지느러미, 고래휘파람, 조개속삭임,
땡볕에 가두어 소금을 낳는다

엄마는 자식 없으면 진작에 떠났을 거라 했다
술, 노름은 아버지 절친이었다
나와 동생들 낳고 키우는 건 엄마 몫
엄마는 늘 땀이 피워낸 소금꽃을 입었다
가슴에 관을 만들어 힘겨운 삶을 묻고
관이 들썩일 때마다 못질을 하도 많이 해서
얼굴에 검은 꽃 피었다

붉은 단풍이 자지러질 때 걷지 못하는 엄마를 태우고
산자락을 휘~휘~ 돌았다
엄마는 꽃보다 가을 단풍을 더 좋아했다
삶 끝자락에 묻어둔 한,
화려하게 토해내는 열정이 부럽단다
이가 다 빠진 가을 호박죽 먹으며
자식들 보고 살았다고 합죽한 말 뱉아낸다

엄마는 소금독을 장독대 첫째 자리에 두고 섬겼다

다쳐 피가 나면 소금물로 씻어주고
장 담글 때 김장할 때 정성으로 소금을 쳤다
집안 우환 생기면 집 네 귀퉁이에 소금 한 줌 뿌리며
액이 물러가길 기도했다
소금은 어머니의 교주였다

우주가 반으로 쭈욱 갈라지는 산통,
손발가락 열 개를 확인한 안도감,
젖 물릴 때 온몸 관통하는 행복꽃 피우고, 걱정 생기기 시작하면
소금신전에 하얗게 기도를 했던 어머니

바다는 수평선이 어둠에 허물어지면 그 속 깊이 자식들을 뿌린다
어머니 영혼은 바닷속에서 또 소금신전을 만들고 있나보다

시감상 | 이서빈

　김일순 시인의 「물방울꽃」은 안까지 투명하게 보여 그림자도 투명할 것 같다. 그 투명함으로 '모든 것의 몸속을 들락거리며 목숨을 관장하는 물'이 된다.

　'산속 땅 틈바구니 퐁퐁 솟아
　토끼 노루 목축이고 새 부리 씻고
　도란도란 흐르다 모이고 또 흐르며
　모난 돌멩이 다듬는다
　살아있는 모든 것에 물냄새가 나는 이유다' 라는 시적 메시지가 너무 투명해 내장까지 다 들여다보인다. 그 투명한 것이 모난 모든 물체들을 다듬고 우주의 질서를 잡아 모든 물체에 가장 낮게 흐르는 물냄새가 나는 것이다. 세속적인 삶을 사는 인간들이 감히 자연 앞에 까불지 말고 자연에 순응하며 겸손해지라는 시다.

　시인의 실제 삶도 그렇게 겸허하다. 바다는 모든 걸 다 받아들여 바다라고 하듯 시인은
　'바다에는 많은 것들이 모여든다
　물보라 하늘 날고
　장미는 가시를 세우며
　갖가지 색으로 피어난다
　너무 작거나 흔해 이름도 없이

그냥 들꽃이라 불리다 사라지는 것들
무명들 설움이 모여 구름이 된다
구름이 바람에 실려온다
구름안에 스며있던 무명꽃향기
서러운 물방울로 맺혔다
흠 없는 물방울꽃에 삼라만상이 다 들어있다'고 그 조그마한
물방울꽃에 우주 삼라만상을 다 집어놓고 있다. 고유한 나 하나
라는 것도 결국 자연의 일부에 지나지 않다는 것이다.

다음 시「파문」에서는 어떤 고유한 개체라고 하더라도 결국 한
방울의 파문에 지나지 않는다고 결론지으면서 첫 연부터 심상치
않은 파장을 일으킨다.

'망망한 물위로 눈물이 떨어진다
눈물방울 점점 커져버린 물위로
소금쟁이가
제 그림자 물속에 띄우고 가느다란 다리로 4차원을 세운다
보고 싶은 얼굴 일렁이고
사라진 시간들 춤춘다
아린 기억 헤픈 생각
소금쟁이 발자국을 따라 옮겨간다
소금쟁이 물위를 누비는데
송사리는 고요속에 세운 4차원에 폭죽을 터트린다
온갖 색 흥건한 시상

아무리 울어도

물위에 떨어진 눈물 한 방울 이기지는 못한다

수면에 물꽃이 핀다, 물주름꽃이 핀다

늦골과 늦골 사이

한 방울의 검색어에 수없이 확장되는

마음은

한 방울의 파문이다' 시 구절구절마다 불교에서 말하는 본래
면목本來面目, 사람들이 본래부터 가지고 있는 천성적이고 자연
적인 것들을 인간이 아무리 찬란한 기술로 인위적인 조작을 해
도 결국은 한 방울의 눈물이 된다고 말한다.

그리고 인위적인 것들은 자연적인 물위에 떨어진 눈물 한 방
울을 이기지 못한다고

한 방울의 눈물을 한 방울의 파문이라고, 인위와 조작은 결국
기생식물에 불과하다고 단언한다. 그리고 「소금신전」에서는 어
머니의 자식을 향한 끝없는 사랑도 끝나고 다른 세상에 또 다른
소금신전을 지을 것이란 즉, 無와 有가 유기적임을 말한다.

'땡볕에 가두어 소금을 낳는다

엄마는 자식 없으면 진작에 떠났을 거라 했다

술, 노름은 아버지 절친이었다

나와 동생들 낳고 키우는 건 엄마 몫

엄마는 늘 땀이 피워낸 소금꽃을 입었다

가슴에 관을 만들어 힘겨운 삶을 묻고' 저 북망산천 향해 떠나
가는 어머니의 마지막을 시인은

'관이 들썩일 때마다 못질을 하도 많이 해서

얼굴에 검은 꽃 피었다

붉은단풍이 자지러질 때 걷지 못하는 엄마를 태우고

산자락을 휘~휘~ 돌았다'면서 '삶 끝자락에 묻어둔 한,

화려하게 토해내는 열정이 부럽단다

이가 다 빠진 가을 호박죽 먹으며

자식들 보고 살았다고 합죽한 말 뱉아낸다'며 죽음과 삶이 하나임을 그려낸다.

'엄마는 소금독을 장독대 첫째 자리에 두고 섬겼다'면서

'집안 우환 생기면 집 네 귀퉁이에 소금 한 줌 뿌리며

액이 물러가길 기도했다

소금은 어머니의 교주였다'며

'어머니 영혼은 바닷속에서 또 소금신전을 만들고 있나보다'

고 영혼은 바닷속으로 가서 소금 신전을 짓고 있다고 말한다. 포스트 구조주의 대표 학자로 꼽히는 미셸 푸코는 구조주의와 포스트 구조주의가 우리에게 줄 수 있는 영향을 구조주의에서는 '우리의 눈에 '드러난 것'을 경험이라고 보고 '숨은 것'을 구조라고 본다.

경험으로는 구조를 읽기가 어렵다. 구조는 모든 경험에 관여하지만, 경험 아래에 깔려있는 일종의 무의식 같은 것이어서 경험상으로는 구조를 포착하기가 어렵다. 또한, 드러난 것만 보고 숨은 것은 보지 못하는 것은 숨은 것을 당연시하고 넘어가기 때문이다. 구조주의에서는 바로 그렇게 당연시된 것에 의문을 품

는 태도를 강조한다. 구조적 인식이란 남들이 보지 못하는 것을 발견하는 것이 아니다. 오히려 누구나 볼 수 있는 드러난 것(경험)에서 숨은 것(구조)을 읽어낼 수 있는 안목'을 말한다. 김일순 시인은 보이지 않는 액이 물러가길 바라며 소금 뿌리는, 보이지 않는 것을 보아내는 어머니를 교주라고 말하며 지구라는 공동체에 살면서 드러난 것만 보지 않고 숨은 구조를 읽어내어 하나의 명증한 명제를 세운다며 아주 조그만 물방울꽃, 한 방울의 눈물 속에 든 것들, 한 방울의 파문에 세상을 함축시켜 놓았다.

드러난 것만 보고 숨어있는 진정 소중한 것을 보지 못하는 우리는 이 시편들을 보며 다시 한번 뒤를 돌아보아야 할 것 같다.

원래 인간도 보이지 않는 물방울 하나에 갇혀있다 세상에 모습을 드러냈다. 이 시물방울이 지구촌 모든 사람들 정신을 화들짝, 깨어나게 하면 좋겠다.

빗물저금통 외 2편

이 옥

재앙은 기록의 비밀을 흘렸어

한 방울씩 지워져가는 달빛
열대의 밤은
물 한 모금 찾아 헤매게 했어
땅기운은 오랜 물살에 쓸려 재앙 피할 수 없었어

포식자 눈에 띄지 않으려 변신
땅속으로 숨어들거나 하늘로 올라갔어

연일 기록 갱신하며
우물속으로 빠져들어가는
짐작할 수 없는 깊이

헤프게 써버린 물
벌레울음과 그늘마저 바스락거렸어

달빛 별빛 끌어다 물소리 키워
언제나 꺼내 쓸 수 있게
빗물로 배를 채우고 있는 저금통

열어보니 가뭄주름살 자라고 있었어

결핍된 산소 가뭄 치료할 백신 없어
마지막 점검에 들어가는 지구운명

생이 흐르는 길목엔 늘 물을 간섭하는
신들의 영역이었던 물
이제 인간의 손으로 흘러가고 있어

멸 滅

멸치가 바다를 기르고 있어

멸치의 눈빛 버텨내는 그물망 보느라
바다에 있으면서도 바다를 잃어버렸어

멸의 명줄은 비리직직해
뜨거운 불위에 삶겨
멸을 다스리라는 이름 멸치
젓가락에 집혀
우적우적 씹혀 나락으로 떨어지고 있어

뱃속에 가득 들어있는 미세플라스틱
밤바다에서 달빛처럼 파닥이며
참아내던 울음소리

눈 떠보니 수미산 심산유곡
천년 파도 춤추는 아수라계

풍랑 사이로 비극 조짐이 조금씩 비치더니
바다와 플라스틱 대전쟁이 시작되었어

하늘마저 바다에 내려와 수습하지만
멸滅 이길 수 없어
플라스틱 승리로 돌아가고 있어

지리멸렬 싸우고 있는 지구
우린 다시 이전으로 돌아갈 수 있을까

벽골제

벼를 키우는 것은
물과 바람과 햇살이다

달빛 야윈 아린 밤
해바라기 눈부신 줄도 모르고 고개들어
일렁이는 조상의 슬기 바라본다
물 들어오면 지어놓은 농사 다 쓸어가던 운명의 땅

바람뿔이나 그림자꼬리 다져 쌓은 흙벽
헤아릴 수 없는 사람들이 흙을 파고
누군가는 져나르던 대역사
빗소리만 기다리며
바삐 살았을 몽근짐의 무게

백룡과 청룡의 전설
흐르는 여름밤의 짧은 혼

빼곡하게 타버린 까만 해바라기씨앗
일편단심 바라봐도 굳게 닫힌 수문
과거에서 현재로 흐르고 있다

＞
물속에서 더 아름다운 풍경
버릇처럼 태양을 좇아다니는
강바람에도 흔들리지 않는
제방 전설이 옷깃을 여미게 한다

시감상 | 이서빈

이옥 시인의 「빗물저금통」을 읽으면서 저금통이란 말이 참으로 생소하게 다가왔다.

어릴 때 돼지 저금통에 하나둘 동전을 넣던 저금통이 그립다.

시인은 '빗물저금통'이란 가슴 철렁 내려앉게 하는 제목으로 시를 짓는다.

가난은 어떻게든 견딜 수 있지만, 물이 없으면 생존의 위협을 받기 때문이다.

'재앙은 기록의 비밀을 흘렸어.' 시인은 신과 인간을 연결해 주는 영매 역할을 한다는 말처럼 영매靈媒의 주술적인 말을 받아 적은 듯한 문구다.

'한 방울씩 지워져가는 달빛

열대의 밤은

물 한 모금 찾아 헤매게 했어

땅기운은 오랜 물살에 쓸려 재앙 피할 수 없었'다며 재앙을 예언하고 있다.

하루가 다르게 변해가는 환경이지만 모두 아는지 모르는지 무심하고 겉으로 보이는 화려함속에 고통을 배태胚胎하는 자연이 있다는 걸 모르고 인간이

'헤프게 써버린 물'에 바닥이 보여

'벌레울음과 그늘마저 바스락거'리고

'결핍된 산소 가뭄 치료할 백신 없어

마지막 점검에 들어가는 지구운명

생이 흐르는 길목엔 늘 물을 간섭하는

신들의 영역이었던 물

이제 인간의 손으로 흘러가고 있어'

자신의 삶에 들여놓은 무언가를 덜어 내는 일이 얼마나 어려운지를 말한다.

인간이 신의 영역을 침범한 지는 이미 오래되었다.

독일의 철학자 프리드리히 니체는 신은 죽었다고 말하면서 신의 죽음을 최고 가치의 상실로 이해하고 이로 인해 유럽에 허무주의가 도래할 것이라 경고한다.

그리고 신은 죽었다는 말은 1960년대, 아프리카계 미국인 민권 운동이 번성한 시대 미국 신학자들이 사용하게 되었다. 미국 신학자들은 현대 사회에서 신은 인간에게 리얼한 존재는 아니라는 의미로, 신은 죽었다는 의미로 이용한다.

그렇게 인간은 신을 죽이고 신들의 영역이었던 물을 인간의 손으로 흐르게 한 것이다. 시간이 지날수록 사람들은 목마름을 느낄 것이다.

그리고 애원의 눈빛으로 모기에게 물린 빗물저금통의 뒷다리를 긁으며 호소할지 모른다. 제발 많은 빗물을 받아달라고 신에게 빌 듯 빌지도 모른다.

끔찍한 현실이 다가오고 있다.

다음시「멸滅」을 보면 '멸치가 바다를 기르고 있'다 물보다 멸치가 더 많아진다고 역설力說하고 있다.

'바다에 있으면서도 바다를 잃어버렸어' 바다에 물이 마르면 더 이상 바다가 아니다. 생각만 해도 캄캄하지 않은가? 그뿐 아니다. 이옥 시인은 끔찍한 말을 한다.

'뱃속에 가득 들어있는 미세플라스틱
풍랑 사이로 비극 조짐이 조금씩 비치더니
바다와 플라스틱 대전쟁이 시작되었어
하늘마저 바다에 내려와 수습하지만
멸滅 이길 수 없어
플라스틱 승리로 돌아가고 있어
지리멸렬 싸우고 있는 지구
우린 다시 이전으로 돌아갈 수 있을까'

플라스틱의 승리로 돌아가고 있는 현실을 시인의 소명으로 꾸짖으면서도 실낱같은 희망을 붙잡고 우린 다시 이전으로 돌아갈 수 있게 하자고 호소하고 있는 것이다.

「벽골제」에서도 물 걱정을 한다. 시인은 갑갑함을 시에 그대로 드러내며

'달빛이 야윈 아린 밤
해바라기 눈부신 줄도 모르고 고개들어
일렁이는 조상의 슬기 바라본다

물 들어오면 지어놓은 농사 다 쓸어가던 운명의 땅

바람뿔이나 그림자꼬리 다져 쌓은 흙벽

헤아릴 수 없는 사람들이 흙을 파고

누군가는 져나르던 대역사

빗소리만 기다리며

바삐 살았을 몽근짐의 무게

백룡과 청룡의 전설' 같은 선조들의 지혜책을 읽으며

'강바람에도 흔들리지 않는

제방 전설이 옷깃을 여미게 한다'고 앞으로만 나아가는 현실을 질타하고 있다.

과학 문명이 발전하여 위대한 힘과 능력을 지닌 사람들이 인공위성을 쏘아 올리고 박수를 친다. 그러나 천문학적 돈을 들여 쏘아올린 인공위성과 자연을 개발하고 파괴하는데 온갖 정성을 기울인 결과는 기후 변화를 일으켜 가뭄 태풍 산불 홍수 폭염 등 상상할 수 없는 재앙을 불러오고 지구의 종말론까지 거론되기에 이르는 이 시대에 이옥 시인은 전 인류에게 인류를 위해 외치는 것이다.

'욕망은 잉태하여 죄를 낳고, 죄가 다 자라면 죽음을 낳습니다'(성경 야고보서 1장)

물고개 외 2편

안 태 희

올라간 것은 반드시 떨어진다
직선으로 혹은 곡선으로

우주가 먹고 사는 물
푸른바람 몸 씻고
서성이다 서성이다
몸부림치며 넘어가는 눈물고개

生, 뿌리엔 푸르름 영글고
死, 뿌리엔 푸르름 시드는
생,사는 물이 오르내리는 물고개

물은 물끼리
바람은 바람끼리
곤두박질치다
흘러가다 사라지는 순환고개

삶을 밀어올리고 끌어내는
물고개
이 목마른 아침
나뭇잎 벌컥벌컥 물 마시는 소리

월학리

지혜천* 열린다

달 트림하는
도리천 건너면

이승도 저승도 아닌 하얀숲궁전
밤마다 달과 학이 연회를 베푼다

음악 소리 허공에 쌓이고
물소리 출렁이고
음악과 물소리에 흥이 넘실댄다
황홀에 비틀거리는 시간
멀미가 난다

달 멀미
손톱달 으스러졌다 만달로 뜨고

학 멀미
청학 현학 돌고 돌아 칠보성에 들고

>

이상과 공상 공전하며

지혜를 여는 샘물 솟는 월학리

* 삼십 삼천의 스물일곱 번째 하늘

후드득,

빗소리가 바다를 적신다

후드득,
대관령 구름비에 젖는소리
바람이 흔들어도 꿈쩍 않는 밤

별들도 잠들지 못하고
하얗게 부서져 내리고 있다

벌레울음은 젖어서 가랑잎처럼 땅에 깔리며
한 계절을 지우고 있다

빗소리는 푸르름을 키우고
물기 빠져나간 것들은 다 익어가는 중이다

익는다는 것은 시간 지우는 일
잃어버린 시간은
다, 어디로 가 쌓여있을까

후드득, 어디선가 또 한 생이 태어나는 소리

시감상 | 이서빈

    안태희 시인은 자연의 대변인 역할을 하면서 깊이를 가늠하기 어려울 만큼 철학적인 시를 망설임 없이 쓴다.「물고개」라는 제목을 써놓고 단번에 '올라간 것은 반드시 떨어진다/ 직선으로 혹은 곡선으로'라고 독자들을 압도해놓고 시작한다.
    그리곤

  '우주가 먹고 사는 물
    푸른바람 몸 씻고
    몸부림치며 넘어가는 눈물고개'라며 우주 모든 생물체는 이 물을 먹고 살다가 눈물고개로 몸부림치며 넘어간다고 서슴없이 말하고는 이어서

  '生, 뿌리엔 푸르름 영글고
    死, 뿌리엔 푸르름 시드는
    생,사는 물이 오르내리는 물고개'라고 가장 근본적인 이야기를 비범하게 생사는 모두 물에 의해서 태어나고 물에 의해서 시드는 그러니까 물고개가 생사를 관장한다고 말한다. 번쩍이는 생각으로 독자들을 가파른 물고개를 따라 오르게 한다.

  '물은 물끼리

바람은 바람끼리

곤두박질치다

흘러가다 사라지는 순환고개

삶을 밀어올리고 끌어내는' 삶의 근원을 현재진행형으로 끌어내 물의 중요성을 강요하고 있다. 세계 곳곳에 물 전쟁이 일어나고 있는 이때 자연을 보고 서정만 읊는 것이 아니고 내면의 깊은 성찰을 하는 시다.

다음 시「월학리」에서도 대뜸 첫 연을

'지혜천 열린다

달 트림하는

도리천 건너면'이라고 상상을 불러낸 다음 독자들을 종횡무진 이상 세계를 걷게 한다.

'이승도 저승도 아닌 하얀숲궁전

밤마다 달과 학이 연회를 베푼다

음악 소리 허공에 쌓이고

물소리 출렁이고

음악과 물소리에 흥이 넘실댄다

황홀에 비틀거리는 시간

멀미가 난다' 누가 이런 세상을 마다하겠는가?

에드워드 영은 '자연은 神을 보여주는 거울'이라고 말했다.

안태희 시인은 그 神을, 자연에 깃든 神을 보아낸 것일까?

아니면 '자연은 스스로를 숨기지 않는 큰 책이므로 우리는 그것을 읽기만 하면 된다.'라는 포이어바흐의 말처럼 자연을 읽어낸 것일까? 그것도 아니면 '자연과 책의 주인은 그것을 보는 사람이다.'라는 에머슨의 말을 실천한 것일까?

어찌 보면 시인이란 정말 어떤 세상도 다 살아볼 수 있는 특권을 가진 것 같다.

이 복잡하고 어지럽고 환경은 망가질 대로 망가진 세상에 갇힌 이 시대에 '이상과 공상 공전하며/ 지혜를 여는 샘물 솟는 월학리'를 싫어할 사람은 없을 것이다.

시인은 멀미 나는 세상을 잠시나마 월학리로 안내해 머리를 식히게 해주며 환경에 경각심을 가지게 하는 반어적 시를 쓴 것이다.

「후드득,」이란 시에서도 시인은 너무나 천연덕스럽고 자연스럽게 시를 엮어간다. '빗소리가 바다를 적신다'며 헤밍웨이가 '노인과 바다'에서 '바다는 비에 젖지 않는다'는 말을 적시더니 금방 또 밤하늘을 쳐다보고 '별들도 잠들지 못하고 하얗게 부서져 내리고 있다'고 하고 또 어느새 훌쩍 뛰어 '벌레울음은 젖어서 가랑잎처럼 땅에 깔리며/ 한 계절을 지우고 있다'고 하더니 금방 '물기 빠져나간 것들은 다 익어가는 중이다'라고 시간을 누가 다 훔쳐 가기라도 하듯 건너뛴다.

그리고 다시 또 '후드득, 어디선가 또 한 생이 태어나는 소리'라며 희망을 말하고 있다. 안태희 시인의 시는 독특한 자연관에서 인간이 태어나고 죽어가는 역동성의 실체를 잘 파헤치며 자연의 소중함을 일깨우게 하는 시다.

물질과 성공이란 가치에 눈이 멀어 자연을 훼손하는 사람들에게 자연이 인간에게 부여하는 가치는 어떤 물질과 성공적인 가치로도 환원할 수 없는 일임을 알라는 경고가 담긴 시다. 이 시가 자연을 지키는 파수꾼이 되어 전 세계를 날아다닐 것이다.

남과 다른 시 쓰기 동인

『길이의 슬픔』은 '남과 다른 시 쓰기 동인'들이 《영주신문》에 '환경시 특집'으로 발표한 두 번째 '환경시집'이며, 이서빈, 이진진, 글보라, 글이랑, 장정희, 정구민, 최이근, 고윤옥, 권택용, 우재호, 이정화, 글빛나, 김일순, 이옥, 안태희 등, 열다섯 명이 그 회원들이라고 할 수가 있다.

『함께, 울컥』에 이어서 '남과 다른 시 쓰기 동인'들의 두 번째 환경시집인 『길이의 슬픔』은 "창밖에 눈 내리는 소리/ 소나무에 달빛 내려앉는 소리/ 시냇물 흐르는 소리/ 벌레 울음소리"를 "동물의 정형률과 식물의 내재율/ 씨줄날줄 엮어서/ 운율 맞추어 대서사시"로 엮어낸 시집이라고 할 수가 있다. '남과 다른 시 쓰기 동인'들이 잠을 접어 베고, "인간과 자연의 공존을 위한/ 시 씨앗을 온 지구촌에 뿌"리며, 이 자연의 생태계를 지키기 위해 '온몸의 혁명'을 이행 중이라고 할 수가 있다.

이메일 주소: happyjy8901@hanmail.net

남과 다른 시 쓰기 동인
길이의 슬픔

발 행	2023년 5월 10일
지 은 이	이서빈 외
펴 낸 이	반송림
편집디자인	반송림
펴 낸 곳	도서출판 지혜
주 소	34624 대전광역시 동구 태전로 57, 2층 도서출판 지혜 (삼성동)
전 화	042-625-1140
팩 스	042-627-1140
전자우편	eji@ji-hye.com
	ejisarang@hanmail.net
애지카페	cafe.daum.net/ejiliterature

ISBN   979-11-5728-504-4 03810
값   11,000원